COLLECTION FOLIO

Julian Barnes

La table citron

Traduit de l'anglais
par Jean-Pierre Aoustin

Mercure de France

Titre original :

THE LEMON TABLE

© *Julian Barnes, 2004.*
© *Mercure de France, 2006, pour la traduction française.*

Julian Barnes est né à Leicester en 1946. Le plus brillant et le plus célèbre des romanciers anglais contemporains est l'auteur de plusieurs romans traduits en plus de vingt langues dont *Le perroquet de Flaubert* (prix Médicis essai), *Love, etc.* (prix Femina étranger), *England, England* et *Arthur & George* ; de recueils de nouvelles et d'essais, de livres de cuisine et, sous le nom de Dan Kavanagh, de quatre polars. Julian Barnes est aussi à l'occasion traducteur d'Alphonse Daudet.

À Pat

UNE BRÈVE HISTOIRE
DE LA COIFFURE

1

Cette première fois, après qu'ils eurent déménagé, sa mère l'avait accompagné. Sans doute pour examiner le coiffeur. Comme si la phrase : « Court derrière et sur les côtés, un peu moins dessus » pouvait signifier autre chose dans cette nouvelle banlieue. Il en avait douté. Tout semblait exactement pareil : le fauteuil de torture, les odeurs chirurgicales, le cuir à rasoir et le rasoir plié — d'une façon plus menaçante que rassurante —, et surtout le tortionnaire en chef, un barjo doté de grandes paluches qui vous forçait à baisser la tête presque à vous péter la trachée, et malmenait vos oreilles d'un index dur. « Inspection générale, madame ? » avait-il dit obséquieusement lorsqu'il avait eu fini. La mère de Gregory s'était arrachée à la lecture de son magazine et s'était levée. « Très bien, avait-elle dit vaguement en se penchant vers lui dans un relent de parfum. Je t'enverrai tout seul la prochaine fois. » Dehors, elle lui avait caressé la joue en le regardant distraitement et avait murmuré : « Pauvre agneau tondu... »

Maintenant il était seul. En passant devant l'agence immobilière, le magasin de sports et la façade à colombages de la banque, il s'exerçait à dire : « Court derrière et sur les côtés un peu moins dessus. » Il le disait vite, d'une seule traite ; il fallait débiter les mots correctement, comme ceux d'une prière. Il avait un shilling et trois pence dans sa poche ; il y enfonça son mouchoir pour plus de sûreté. C'était ennuyeux de ne pas être autorisé à avoir peur. C'était plus simple chez le dentiste : votre mère vous accompagnait toujours, le dentiste vous faisait toujours mal, mais ensuite il vous donnait un bonbon à sucer pour vous récompenser d'avoir été sage et en revenant dans la salle d'attente, devant les autres patients, vous vous donniez des airs de type courageux. Vos parents étaient fiers de vous. « Ça a été dur, mon gars ? » demandait son père. La douleur vous faisait entrer dans le monde des adultes. Le dentiste disait : « Dis à ton père que tu es bon pour le service. Il comprendra. » Alors, une fois rentré à la maison, quand son père demandait : « Ça a été dur, mon gars ? », il répondait : « Mr Gordon dit que je suis bon pour le service. »

Il se sentit presque important en poussant la porte à ressort, une porte pour grandes personnes. Mais le coiffeur hocha simplement la tête, pointa son peigne en direction de la rangée de chaises à haut dossier et se pencha de nouveau sur les cheveux blancs d'un vieux bonhomme. Gregory s'assit. Sa chaise grinça. Il avait déjà envie de faire pipi. Il y avait une boîte pleine de magazines à côté de lui, qu'il n'osa pas explorer. Il regarda les touffes de cheveux, qui ressemblaient à des nids de hamsters, sur le sol.

Quand vint son tour, le coiffeur posa un épais coussin en caoutchouc sur le siège. Un geste insultant : cela faisait maintenant dix mois et demi qu'il portait des pantalons longs. Mais c'était toujours pareil : vous n'étiez jamais sûr des règles, vous ne saviez jamais vraiment s'ils tourmentaient tout le monde de la même manière, ou seulement vous. Comme maintenant : le coiffeur essayait de l'étrangler en serrant le peignoir autour de son cou et en fourrant un linge dans son col. « Et que peut-on faire pour vous aujourd'hui, jeune homme ? » Le ton suggérait qu'un cloporte aussi vil et perfide qu'il l'était de toute évidence avait pu s'aventurer là pour bien des raisons différentes.

Gregory hésita et balbutia : « Me couper les cheveux, s'il vous plaît...

— Eh bien, je dirais que tu es venu au bon

endroit, pas vrai ? » Le coiffeur lui tapota le sommet du crâne avec son peigne ; pas douloureusement, mais pas légèrement non plus.

« Court-derrière-et-sur-les-côtés-un-peu-moins-dessus-s'il-vous-plaît.

— Cette fois on y vient », dit le coiffeur.

Ils n'acceptaient les garçons que certains jours de la semaine. Un écriteau disait : Pas de garçons le samedi matin. Le samedi après-midi ils étaient fermés de toute façon, alors ils auraient aussi bien pu écrire : Pas de garçons le samedi. Les garçons devaient venir quand les hommes ne voulaient pas venir. Du moins, ceux qui travaillaient. Gregory venait les jours où les autres clients étaient des retraités. Il y avait trois coiffeurs, tous d'âge mûr, en blouse blanche, qui partageaient leur temps entre les jeunes et les vieux. Ils étaient obséquieux avec ces vieux types qui se raclaient sans cesse la gorge, ils avaient des conversations sibyllines avec eux et se montraient ostensiblement empressés et zélés. Les vieux types portaient des manteaux et des foulards même en été, et laissaient des pourboires en partant. Gregory observait la transaction du coin de l'œil : un homme donnant de l'argent à un autre, demi-poignée de main furtive, l'un et l'autre faisant comme si de rien n'était.

Les garçons ne laissaient pas de pourboire.

Peut-être était-ce pour ça que les coiffeurs les détestaient. Ils payaient moins et ils ne laissaient pas de pourboire. Et ils ne restaient jamais tranquilles. Ou du moins, leur mère leur disait de ne pas bouger, ils ne bougeaient pas, mais cela n'empêchait pas le coiffeur de leur asséner un coup sur la tête avec une paume aussi dure que le plat d'une lame de hachette en marmonnant : « Ne bouge *pas*. » Il y avait des histoires de garçons qui s'étaient fait trancher le haut de l'oreille parce qu'ils n'étaient pas restés tranquilles. Rasoirs, coupe-choux, coupe-gorge. Tous les coiffeurs étaient barjos.

« Louveteau ? » Il lui fallut un moment pour comprendre qu'on lui adressait la parole. Puis il ne sut pas s'il devait garder la tête baissée ou regarder le coiffeur dans la glace. Finalement il garda la tête baissée et répondit : « Non.

— Scout déjà ?

— Non.

— Croisé ? »

Gregory ne savait pas ce que cela voulait dire. Il commença à lever la tête, mais le coiffeur lui tapa sur le crâne avec le peigne. « Ne bouge *pas*, j'ai dit. » Gregory avait si peur du barjo qu'il ne put répondre, ce que le coiffeur interpréta comme un autre « non ». « Excellente organisation, les Croisés. Penses-y. »

Gregory s'imagina taillé en pièces par des

cimeterres sarrasins ou attaché dans le désert et mangé vif par les fourmis et les vautours, tout en se soumettant à l'action des ciseaux lisses et froids — toujours froids, même quand ils ne l'étaient pas. Les yeux bien fermés, il endurait le pénible chatouillis des cheveux tombant sur son visage. Il restait immobile, toujours sans regarder dans la glace, persuadé que le coiffeur aurait dû cesser de couper depuis longtemps, mais il était si barjo qu'il continuerait probablement à couper et couper jusqu'à ce que lui, Gregory, fût chauve. Encore à venir, le rasoir passé sur le cuir, ce qui signifiait que votre gorge allait être tranchée ; le dur raclement de la lame près de vos oreilles et sur votre nuque ; l'espèce de chasse-mouches fourré dans vos yeux et votre nez pour enlever les cheveux coupés.

C'étaient les choses qui vous faisaient tressaillir chaque fois. Mais il y avait aussi là quelque chose de plus inquiétant. Il soupçonnait que c'était indécent. Ce que vous ne saviez pas, ou étiez censé ignorer, se révélait généralement indécent. L'enseigne de coiffeur, par exemple. C'était manifestement indécent. Là où il allait avant, ce n'était qu'un vieux cylindre en bois peint, orné de spirales de différentes couleurs. Celle-ci était électrique et tournait sans cesse avec ses spirales. C'était plus indécent, à son avis. Et puis il y avait la boîte pleine de magazines. Il était sûr

que certains d'entre eux étaient indécents. Tout
était indécent si on le voulait. C'était la grande
vérité sur la vie qu'il venait de découvrir. Non
que ça le gênât, en fait. Il aimait les choses indé-
centes.

Sans bouger la tête, il regarda dans le miroir
voisin un retraité assis deux sièges plus loin, qui
n'avait cessé de jacasser de cette voix forte
qu'avaient toujours les vieux chnoques. Le coiffeur était penché sur lui et émondait la brous-
saille de ses sourcils avec des ciseaux à bouts
ronds. Puis il répéta l'opération avec les narines ;
puis les oreilles — il coupa les poils drus qui lui
sortaient des esgourdes. Absolument dégoûtant.
Pour finir, le coiffeur poudra avec une houppe la
nuque du type. Pourquoi donc ?

Maintenant le tortionnaire en chef avait la
tondeuse en main. Encore un truc que Gregory
détestait. Parfois ils utilisaient une tondeuse
mécanique, qui semblait lui ouvrir le crâne en
grinçant, comme un ouvre-boîte. Mais celle-ci
était électrique, ce qui était encore pire, parce
qu'on risquait l'électrocution. Il l'avait imaginé
des centaines de fois. Le coiffeur manie distraitement sa tondeuse, vous hait de toute façon
parce que vous êtes un garçon, vous entaille
l'oreille, le sang coule sur l'engin, il y a un court-
circuit et vous êtes électrocuté sur-le-champ. Ça
a dû arriver des millions de fois. Et le coiffeur a

toujours survécu parce qu'il portait des chaussures à semelle de caoutchouc.

Au collège ils nageaient nus. Mr Lofthouse portait un slip de bain, alors ils ne pouvaient pas voir son zob. Les garçons se mettaient à poil, passaient sous la douche pour éviter, leur disait-on, d'attraper des verrues, ou au cas où ils auraient eu des poux ou auraient pué comme Wood, puis ils sautaient dans la piscine. Vous sautiez haut et l'eau vous fouettait les roustons. C'était indécent, alors vous ne le faisiez pas devant le maître. L'eau froide leur ratatinait les roupettes, ce qui faisait ressortir davantage leur zizi, et après ils se séchaient avec leur serviette et se reluquaient sans vraiment regarder, à la dérobée, comme dans la glace chez le coiffeur. Tous les élèves de la classe avaient le même âge, mais certains n'avaient pas encore le moindre poil là ; d'autres, comme Gregory, en avaient un peu en haut, mais rien sur les valseuses ; et d'autres, comme Hopkinson et Shapiro, étaient déjà aussi poilus que des hommes, et d'une couleur plus foncée à cet endroit, brunâtre, comme papa quand lui, Gregory, avait jeté un coup d'œil derrière la cloison d'un urinoir. Au moins il avait *quelques* poils, pas comme Bristowe et Hall et Wood... Mais comment se faisait-il que Hopkinson et Shapiro étaient déjà comme ça ? Tous les autres avaient des zizis ; Hopkinson et Shapiro avaient déjà des zobs.

Il avait envie de pisser. Il ne le pouvait pas. Il ne devait pas penser à ça ; il pouvait tenir jusqu'à ce qu'il soit rentré chez lui. Les Croisés combattirent les Sarrasins et libérèrent la Terre sainte du joug des infidèles. « Comme Infidel Castro, m'sieur ? » C'était une des blagues de Wood. Ils portaient une croix sur leur surcot. La cotte de mailles devait être étouffante en Palestine... Il devait cesser de penser qu'il pourrait gagner une médaille d'or à qui pisserait le plus haut contre un mur.

« Tu habites dans le quartier ? » demanda soudain le coiffeur. Gregory le regarda pour la première fois attentivement dans la glace : figure rougeaude, petite moustache, lunettes, cheveux de la même couleur jaunâtre qu'une règle de maître d'école. *Quis custodiet ipsos custodes*, leur avait-on appris. Alors qui coiffe les coiffeurs ? Vous deviniez que celui-ci était un pervers autant qu'un barjo. Chacun savait qu'il y avait des millions de pervers dans le monde. Le maître nageur en était un. Après la leçon, quand ils frissonnaient dans leurs serviettes avec les glaouis tout ratatinés et des zizis plus deux zobs protubérants, Mr Lofthouse longeait le bord de la piscine, montait sur le tremplin, marquait une pause jusqu'à ce qu'il eût toute leur attention, les bras tendus, avec ses gros muscles et son tatouage et son mini-slip à ficelles sur les fesses,

puis il inspirait à fond, plongeait et glissait sous
l'eau sur toute la longueur du bassin — vingt-
cinq mètres. Puis il refaisait surface et ils
applaudissaient tous — non qu'ils fussent vraiment sincères —, mais il les ignorait et s'exerçait
à différentes nages. C'était un pervers. La plupart des profs étaient probablement des pervers.
Il y en avait un qui portait une alliance au doigt.
Ça prouvait qu'il en était un.

Et ce type aussi. « Tu habites dans le quartier ? » répétait-il. Ne pas s'y laisser prendre... Il
viendrait l'enrôler chez les scouts ou les Croisés.
Puis il demanderait à maman s'il pouvait l'emmener faire du camping dans les bois — mais
il n'y aurait qu'une tente pour deux, et là il lui
raconterait des histoires d'ours, et même s'ils
avaient appris en classe de géo que le dernier
ours était mort en Grande-Bretagne à peu près
à l'époque des croisades, il y croirait à moitié si
le pervers lui disait qu'il y en avait un dans le
coin.

« Pas pour longtemps », répondit-il. Ce n'était
pas trop malin, il s'en aperçut tout de suite. Ils
venaient de s'installer ici. Le coiffeur lui lance-
rait des remarques sarcastiques quand il le ver-
rait revenir, des années et des années durant.
Gregory jeta un coup d'œil vers le miroir, mais
le pervers ne laissait rien paraître ; il donnait distraitement un dernier petit coup de ciseaux.

Puis il enfonça deux doigts dans le col de la chemise de Gregory et le secoua bien pour s'assurer qu'autant de cheveux que possible tombaient à l'intérieur. « Pense aux Croisés, dit-il en retirant le peignoir. Ça pourrait te convenir. »

Gregory se vit renaître sous le suaire ôté, inchangé en dehors du fait que ses oreilles ressortaient maintenant davantage. Il commença à s'avancer sur le coussin en caoutchouc pour descendre. Il sentit encore un coup de peigne sur le sommet de son crâne, plus vivement maintenant qu'il avait moins de cheveux.

« Pas si vite, mon gars. » Le coiffeur alla à l'autre bout de l'étroite boutique et revint avec un miroir ovale grand comme un plateau, qu'il plaça derrière la tête de Gregory. Celui-ci regarda dans le premier miroir, dans le second miroir. Ce n'était pas sa nuque. Elle n'était pas comme ça. Il se sentit rougir. Il avait envie de pisser. Le pervers lui montrait la nuque de quelqu'un d'autre. Magie noire. Gregory contempla, de plus en plus rouge, la nuque de quelqu'un d'autre, rasée et bosselée, jusqu'à ce qu'il se rende compte que la seule façon de pouvoir rentrer chez lui était de jouer le jeu du pervers, alors il regarda une dernière fois le crâne étranger, leva hardiment les yeux vers le reflet des lunettes quelconques du type et murmura : « Oui. »

2

Le coiffeur regarda avec un mépris poli les
cheveux de Gregory et y passa un peigne comme
pour découvrir si, au plus profond de ces four-
rés, il n'y avait pas une raie depuis longtemps
délaissée, comme un sentier de pèlerins médié-
val. D'une pichenette dédaigneuse, il rabattit la
masse de ses cheveux devant ses yeux et jusqu'à
son menton. Derrière ce rideau qui l'aveuglait
soudain, Gregory pensa : « Enfoiré. » Il n'était là
que parce que Allie ne lui coupait plus les cheveux. Pour le moment, du moins. Il se rappelait
maintenant passionnément les fois où, lui assis
dans la baignoire et elle à côté, elle lui avait lavé
les cheveux puis les lui avait coupés. Il retirait la
bonde et elle lui passait malicieusement le jet de
la douche sur le corps pour enlever les cheveux
coupés, et quand il se levait, le plus souvent elle
le suçait là, juste comme ça, en cueillant entre
pouce et index les derniers bouts de cheveux
collés à la peau. Ouais.

« Quel genre de... coupe... monsieur ? » Le
type feignait d'avoir échoué dans sa recherche
d'une raie.

« En arrière. » Gregory rejeta, d'un mouvement de tête brusque et vengeur, ses cheveux à
leur place habituelle. Il dégagea un bras de la
chose en nylon glissante et instable qui le recou-
vrait et peigna ses cheveux en arrière avec ses
doigts, puis il les fit bouffer un peu — exactement comme ils étaient quand il était entré.

« Et quelle... longueur... monsieur ?

— Trois pouces au-dessous du col. Les côtés
à hauteur des pommettes, là. » Il montra l'endroit avec son majeur.

« Et désirez-vous être rasé, pendant qu'on y
est ? »

Quel toupet. C'est exprès, ducon ! De nos
jours seuls les avocats et les ingénieurs et les
forestiers fouillent dans leur petite trousse de
toilette chaque matin et se raclent la couenne
comme des calvinistes. Gregory tourna un peu
la tête en regardant son reflet dans la glace.
« Elle préfère comme ça, dit-il d'un ton léger.

— Marié, alors ? »

Attention, couillon. Ne fais pas l'idiot avec
moi. N'essaie pas cette espèce de complicité... À
moins que ce ne soit simplement que tu es pédé.
Non que j'aie la moindre objection à ça. Je suis
pour la liberté de choix.

« Ou vous réservez-vous pour ce tourment
particulier ? »

Gregory ne se donna pas la peine de répondre.

« Vingt-sept ans de mariage moi-même, reprit le type en donnant ses premiers coups de ciseaux. Ça a ses hauts et ses bas, comme tout le reste. »

Gregory grogna d'une façon vaguement expressive, comme on le fait chez le dentiste quand on a la bouche pleine d'instruments et qu'il tient à vous raconter une blague.

« Deux enfants. Enfin, l'un d'eux est un homme maintenant. La fille est encore à la maison. Elle ne tardera pas à s'en aller aussi. Ils s'envolent tous du nid à la fin. »

Gregory regarda dans la glace, mais le type ne cherchait pas à croiser son regard ; il continuait à couper, tête baissée. Peut-être n'était-il pas si mauvais après tout, seulement casse-pieds. Et, bien sûr, irrémédiablement déformé, psychologiquement, par des décennies de complicité dans le rapport de dépendance entre maître et serviteur.

« Mais peut-être n'êtes-vous pas du genre à vous marier, monsieur. »

Eh là, minute ! Qui accuse qui d'être pédé ? Il avait toujours détesté les coiffeurs, et celui-ci ne faisait pas exception. Foutu provincial avec deux virgule quatre enfants, qui paie l'emprunt-logement, lave la voiture et la remet au garage. Bon petit jardin ouvrier près de la voie ferrée, épouse à tête de bouledogue mettant le linge à sécher sur un de ces tourniquets métalliques, ouais, ouais, je vois ça comme si j'y étais. Il fait sans doute un peu d'arbitrage le samedi après-midi dans quelque club merdique... Non, même pas un arbitre, juste un *juge de touche*.

Gregory s'aperçut que le type marquait une pause, comme s'il attendait une réponse. Il attendait une réponse ? De quel droit ? D'accord, réglons-lui son compte.

« Le mariage est la seule aventure à laquelle les lâches puissent prétendre.

— Oui, eh bien, je suis sûr que vous êtes un homme plus intelligent que moi, monsieur, répondit le coiffeur d'un ton qui n'était pas excessivement respectueux. Quand on est à l'université... »

Gregory se contenta de grogner encore.

« Bien sûr, je ne suis pas à même de juger, mais il me semble toujours qu'à l'université les étudiants apprennent à mépriser plus de choses qu'ils n'en ont le droit... C'est notre argent qu'on utilise, après tout. Je suis content que mon fils soit allé au collège technique. Ça ne lui a pas fait de mal. Il gagne bien sa vie maintenant. »

Ouais, ouais, assez de fric pour subvenir aux besoins des prochains deux virgule quatre enfants et avoir une machine à laver un peu plus grande et une femme un peu moins moche.

Grand bien leur fasse. Foutue Angleterre. Mais
tout cela allait être balayé. Et ce genre d'endroit
serait le premier à disparaître — petits établissements vieillots, conversations guindées, conscience de classes, maîtres et larbins, pourboires... Gregory était contre cette habitude de
laisser des pourboires. Il y voyait un renforce-
ment des rapports de sujétion, tout aussi dégra-
dant pour celui qui donnait le pourboire que
pour celui qui le recevait. Cela corrompait les
relations sociales. De toute façon, il ne pouvait
pas se le permettre. Et d'ailleurs, du diable s'il
allait en filer un à un coupe-tifs qui l'accusait
d'être de la jaquette.

Ces gens-là étaient sur le chemin de la sortie.
Il y avait des endroits à Londres conçus par des
architectes, où on passait les derniers succès sur
une sono d'enfer, pendant qu'un artiste capil-
laire assortissait la coupe de vos cheveux à votre
personnalité. Ça coûtait une fortune, apparemment, mais c'était mieux que *ça*. Pas étonnant
qu'il fût le seul client. Un poste de radio en
bakélite craquelée sur une étagère haute diffu-
sait une musique de thé dansant. Ils auraient dû
vendre des bandages herniaires et des corsets
orthopédiques et des bas antifatigue. Accaparer
le marché des prothèses — jambes de bois, cro-
chets en acier pour mains coupées... Perruques,
bien sûr. Pourquoi les coiffeurs n'en vendaient-

ils pas? Les dentistes vendaient bien des den-
tiers.

Quel âge avait ce type? Gregory le regarda :
maigre, avec des yeux las et soucieux, des cheveux coupés absurdement court et aplatis à la
brillantine. Cent quarante ans ? Il essaya de cal-
culer. Vingt-sept ans de mariage. Alors : cinquante ans ? Quarante-cinq s'il l'avait mise en
cloque dès qu'il était sorti avec elle. S'il avait
jamais été aussi aventureux. Cheveux gris déjà.
Sans doute ses poils pubiens étaient-ils gris
aussi. Les poils pubiens blanchissaient-ils ?

Le coiffeur termina la phase « taillage de
haie », mit les ciseaux, d'une manière insultante,
dans un verre de désinfectant, en prit une autre
paire plus courte et continua à couper. Cheveux, peau, chair, sang, tout si foutrement
près... Barbiers-chirurgiens, voilà ce qu'ils étaient
autrefois, quand « chirurgie » voulait dire « bou-
cherie ». La raie rouge autour de l'enseigne de
barbier traditionnelle évoquait le linge enroulé
autour du bras du patient quand le type le sai-
gnait. Son enseigne comportait aussi un bol, le
bol qui recueillait le sang. Maintenant ils avaient
laissé tomber tout ça, et n'étaient plus que des
coupeurs de tifs qui enfonçaient la bêche dans la
terre de leur jardin plutôt que la lancette dans
l'avant-bras tendu.

Il ne comprenait toujours pas pourquoi Allie

avait rompu. Elle avait dit qu'il était trop possessif, qu'elle ne pouvait pas respirer, qu'être avec
lui, c'était comme être mariée. Tu veux rire,
avait-il répliqué : être avec toi, c'est comme être
avec quelqu'un qui sort avec une demi-douzaine
d'autres types en même temps. C'est exactement
ce que je veux dire, avait-elle rétorqué. Je t'aime,
avait-il dit, soudain au désespoir. C'était la première fois de sa vie qu'il le disait, et il savait qu'il
s'y prenait mal ; on est censé le dire quand on se
sent fort, pas faible... Si tu m'aimais, tu me
comprendrais, avait-elle répondu. Eh bien fous le
camp, alors, et respire ! avait-il crié. C'était juste
une dispute, juste une foutue dispute idiote, voilà
tout... Ça ne voulait rien dire. Sauf que ça voulait
dire qu'ils avaient rompu.

« Quelque chose sur les cheveux, monsieur ?
— Hein ?
— Quelque chose sur les cheveux ?
— Non. Ne touchons pas à la nature. »
Le coiffeur soupira, comme si c'était justement ce qu'il avait passé les vingt dernières
minutes à faire mais pour constater que, en
l'occurrence, cette intervention ô combien nécessaire aboutissait à un fiasco.

Le week-end à venir. Cheveux coupés, chemise propre. Deux sauteries. Achat collectif
d'une caisse de bières ce soir. Se soûler à mort et
voir ce qui arrive : c'est ce que j'appelle laisser

faire la nature. Aïe. Non. Allie. Allie, Allie, Allie. Bande mon bras. Je te tends mes poignets, Allie. Où tu veux. Saignée non médicale, mais vas-y. Vas-y, s'il le faut. Verse mon sang.

« Que disiez-vous à l'instant au sujet du mariage ?

— Hein ? Oh, la seule aventure à laquelle les lâches puissent prétendre.

— Eh bien, si vous me permettez une remarque, monsieur, je n'ai jamais eu à me plaindre du mariage, au contraire. Mais je suis sûr que vous êtes un homme plus intelligent que moi, étant à l'université...

— C'était une citation, dit Gregory. Mais je peux vous assurer que l'autorité en question était un homme plus intelligent que vous et moi.

— Si intelligent qu'il ne croyait pas en Dieu, j'imagine ? »

Oui, voulut dire Gregory, *exactement* aussi intelligent que ça. Mais quelque chose le retint. Il n'était assez hardi pour nier Dieu que lorsqu'il se trouvait parmi d'autres sceptiques.

« Et si je puis me permettre, monsieur, était-il du genre à se marier ? »

Hem. Gregory réfléchit à la question. Il n'y avait pas eu de *Madame* * [1], si ? Seulement des maîtresses, il en était sûr.

---

1. Les mots en italique suivis d'un astérisque sont en français dans le texte. *(Les notes sont du traducteur.)*

« Non, je ne pense pas qu'il était du genre à se marier, comme vous dites.

— Alors peut-être, monsieur, n'était-il pas un expert en la matière ? »

Autrefois, songea Gregory, les boutiques de barbier étaient des endroits plutôt mal famés, où les désœuvrés se réunissaient pour échanger les derniers potins, où on jouait du luth et de la viole pour divertir les clients. Maintenant tout cela revenait, du moins à Londres. Des salons pleins de commérages et de musique, tenus par des artistes capillaires dont on pouvait lire le nom dans les pages « célébrités » des journaux. Il y avait des filles en pull noir qui vous lavaient les cheveux d'abord. Waouh ! Pas besoin de se les laver soi-même avant d'aller se les faire couper ; il suffisait d'entrer nonchalamment en faisant bonjour de la main et de s'installer avec un magazine.

L'expert en mariage apporta un miroir et montra à Gregory des vues jumelles de son travail. Pas mal du tout, il devait le reconnaître, court sur les côtés, long derrière. Pas comme certains gars de la fac, qui laissaient pousser leurs poils dans toutes les directions en même temps, barbes broussailleuses, rouflaquettes genre Vieille Angleterre, cascades graisseuses dans le dos et *tutti quanti*. Non, toucher juste un peu à la nature, telle était sa vraie devise. Le

conflit permanent entre la nature et la civilisation est ce qui nous tient en éveil. Quoique, bien
sûr, cela invite à poser la question de savoir
comment on définit la nature et comment on
définit la civilisation. Ce n'est pas simplement le
choix entre une vie de bête sauvage et une vie
de bourgeois. C'est... eh bien, toutes sortes de
choses. Il ressentit un douloureux élan d'amour
pour Allie. Saigne-moi, puis panse-moi... S'il la
reconquérait, il serait moins possessif. Mais
dans son esprit ça n'avait été qu'un désir d'être
proches l'un de l'autre, d'être un couple... Elle
avait aimé ça au début. Du moins elle n'avait
pas protesté.

Il se rendit compte que le coiffeur tenait toujours le miroir derrière sa tête.

« Oui », dit-il négligemment.

Le miroir fut posé à l'envers et la chose en
nylon instable retirée. Une brosse effleura à
petits coups le col de sa chemise, ce qui le fit
penser, *tch tch tch*, à un batteur de jazz à la main
légère. Il y avait encore des tas de choses à vivre,
non ?

Il était toujours le seul client, et la radio déver-
sait toujours sa musiquette sirupeuse, pourtant
ce fut une voix presque réduite à un murmure
près de son oreille qui suggéra : « Quelque chose
pour le week-end, monsieur ? »

Il eut envie de dire, ouais, billet de train pour

Londres, rendez-vous avec Vidal Sassoon, paquet de saucisses à barbecue, caisse de bières,
quelques clopes aux herbes, musique pour en-
gourdir l'esprit, et une fille qui m'aime vraiment. Au lieu de cela il répondit en baissant
aussi la voix : « Un paquet de Durex, s'il vous
plaît. »

Complice enfin avec le coiffeur, il sortit dans
la lumière d'une belle journée, impatient que le
week-end commence.

3

Avant de se mettre en route, il entra dans la
salle de bain, tira vers lui le miroir de rasage à
support extensible, le retourna côté maquillage
et prit son coupe-ongles dans sa trousse de toilette. D'abord il coupa quelques longs sourcils
rebelles, puis il tourna un peu la tête afin que
tout poil dépassant des oreilles accrochât la
lumière, et actionna encore une ou deux fois son
coupe-ongles. Légèrement déprimé, il leva le
nez et examina chaque sombre orifice. Rien
d'exagérément long; pas pour le moment. Il
humecta un coin de son gant de toilette et frotta
derrière ses oreilles, puis le long des sinueux

canaux cartilagineux et jusque dans les grottes cérumineuses. Quand il regarda son reflet dans la glace, ses oreilles étaient rose vif, comme s'il était un garçon effrayé ou un étudiant trop intimidé pour embrasser une fille.

Comment appelait-on cette espèce de dépôt qui blanchissait votre gant de toilette ? Peut-être les médecins avaient-ils un terme technique pour ça. Y avait-il des infections fongiques derrière les oreilles, l'équivalent auriculaire de la mycose du pied ? Pas très probable : l'endroit était trop sec. Alors peut-être que « dépôt » faisait l'affaire ; et peut-être que chacun avait son propre mot pour ça, de sorte qu'un terme commun n'était pas nécessaire.

Étrange que personne n'ait proposé un nouveau nom pour les tailleurs de poils et les coupetifs. D'abord barbiers, puis coiffeurs. « Artistes capillaires » ? Faux chic. « Merlan ? » Argotique et blagueur. Comme le mot qu'il utilisait maintenant avec Allie. « Je vais chez Barnet », annonçait-il. Barnet. *Barnet fair. Hair* [1].

« Euh, quinze heures avec Kelly. »

Un ongle indigo descendit rapidement le long d'une colonne de majuscules tracées au crayon. « Oui. Gregory ? »

Il hocha la tête. La première fois qu'il avait

---

1. Exemple de *rhyming slang*, argot des Cockneys de Londres. (*Hair* : cheveux.)

appelé pour réserver, il avait répondu : « Cart-wright » quand on lui avait demandé son nom. Il y avait eu un silence, alors il avait dit : « Mr Cart-wright », avant de comprendre le sens de ce silence. Maintenant il voyait son prénom à l'envers dans le registre : GREGGORY.

« Kelly s'occupe de vous dans un instant... Commençons par laver ces cheveux. »

Il ne pouvait toujours pas, après toutes ces années, se mettre aisément dans la position requise. Peut-être son dos le lâchait-il. Les yeux mi-clos, vous cherchiez le bord de la cuvette avec votre nuque — c'était un peu comme de nager sur le dos sans savoir où était l'extrémité du bassin. Et puis vous gisiez là, le cou sur la porcelaine froide, la gorge exposée. Renversé en arrière, attendant le couperet de la guillotine.

Une grosse fille aux mains indifférentes lui tint les propos habituels — « Pas trop chaud ? Z'êtes allé en vacances ? Vous voulez du baume démêlant ? » — tout en essayant, de sa main libre à demi repliée, d'empêcher l'eau de lui entrer dans les oreilles. Au fil des années, il s'était habitué à une passivité vaguement amusée chez Barnet. La première fois qu'une de ces apprenties coiffeuses rougeaudes lui avait demandé : « Vous voulez du baume démêlant ? », il avait répondu : « Qu'en pensez-vous ? », supposant qu'elle était mieux placée que lui pour savoir ce qu'il lui fallait. La logique suggérait qu'un tel produit ne pouvait qu'améliorer les choses ; d'un autre côté, pourquoi poser la question s'il y avait une seule réponse valable ? Mais les demandes de conseils ne faisaient que troubler la fille, qui répondait prudemment : « C'est comme vous voulez. » Alors il se contentait de dire « Oui » ou « Pas aujourd'hui, merci », selon son humeur. Et aussi selon l'aptitude de la fille à empêcher l'eau de lui entrer dans les oreilles.

Elle le guida à moitié jusqu'au fauteuil, comme si quelques gouttes dans les yeux pouvaient vous rendre presque aveugle. « Vous voulez un thé, un café ?

— Non, merci. »

Ce n'était pas vraiment l'assemblée de désœuvrés échangeant les derniers potins au son des luths et des violes. Mais il y avait une musique sacrément forte, un choix de boissons, et un bon assortiment de magazines. Qu'était-il advenu des *Reveille* et *Tit-Bits*, ces revues populaires un peu lestes que feuilletaient les vieux chnoques à l'époque où il se tortillait sur le coussin en caoutchouc ? Il prit un *Marie Claire*, le genre de magazine féminin qu'un homme pouvait lire sans honte en public.

« Hello, Gregory, comment ça va ?

— Très bien. Et vous ?

— Je ne peux pas me plaindre.

— Kelly, j'aime cette nouvelle coiffure.

— Ouais. J'en avais un peu marre de l'autre...

— Elle me plaît. Elle vous va très bien. Elle vous plaît aussi?

— Je n'en suis pas sûre.

— Non, c'est super. »

Elle sourit. Il sourit. Il pouvait faire ça, badinage de client, plus ou moins sincère. Cela ne lui avait pris qu'environ vingt-cinq ans pour trouver le ton juste.

« Alors que fait-on aujourd'hui? »

Il la regarda dans la glace, une fille élancée avec une coiffure au carré qu'il n'aimait pas vraiment; il trouvait que ça rendait son visage trop anguleux. Mais qu'y connaissait-il? Il était indifférent à sa propre coiffure. Kelly était une présence reposante, qui avait vite compris qu'il ne voulait pas être importuné par des questions sur ses vacances.

Voyant qu'il ne répondait pas tout de suite, elle demanda : « On se paye la même chose que la dernière fois?

— Bonne idée. » La même chose que la dernière fois, et la prochaine fois, et la suivante.

L'ambiance qui régnait dans ce salon évoquait celle d'un joyeux service de consultation externe où personne n'a rien de grave. Mais il s'en accommodait; les appréhensions sociales s'étaient depuis longtemps estompées. Les petits

triomphes de la maturité. « Alors, Gregory Cart-
wright, parlez-nous de votre vie jusqu'ici. — Eh
bien, j'ai cessé d'avoir peur de la religion et des
coiffeurs. » Il ne s'était jamais enrôlé chez les
Croisés, quoi qu'ils aient pu être ; il avait fui les
prêcheurs aux yeux fiévreux, au collège et à l'université ; maintenant il savait quoi faire quand on
sonnait à la porte le dimanche matin.

« Ça doit être Dieu, disait-il à Allie. Je m'en
occupe. » Et là sur le seuil se tenait un couple
pimpant et poli, l'un des deux souvent noir, parfois avec un charmant bambin, et débitant une
première phrase aussi peu sujette à controverse
que : « Nous allons simplement de porte en
porte pour demander aux gens s'ils s'inquiètent
de l'état du monde. » L'astuce était d'éviter à
la fois le véridique « Oui » et le présomptueux
« Non », parce qu'ils avaient une réplique toute
prête. Alors il leur adressait un sourire de propriétaire et coupait court d'un : « Religion ? »
Et avant qu'ils puissent décider à leur tour si
Oui ou Non était la bonne réponse à sa brutale
intuition, il mettait un terme à l'entrevue en
ajoutant sèchement : « Vous aurez plus de chance
à côté. »

En fait, il aimait bien se faire laver les cheveux ; le plus souvent. Mais le reste était une
simple routine. Il ne prenait qu'un léger plaisir à
ces contacts corporels fortuits qui semblaient

faire si naturellement partie de l'ordre des choses à présent. Kelly appuyait inconsciemment une hanche contre son bras, ou l'effleurait avec une autre partie de son corps ; et elle n'était jamais excessivement vêtue. Autrefois il aurait cru que tout ça était pour lui, et aurait été bien content qu'un peignoir de coiffeur lui couvrît le ventre. Maintenant cela ne le distrayait même pas de *Marie Claire*.

Kelly lui disait qu'elle avait postulé à un emploi en Amérique, à Miami. Sur les paquebots de croisière. Vous travailliez cinq jours en mer, une semaine, dix jours, puis vous aviez un congé à terre pour dépenser l'argent que vous aviez gagné. Elle avait une amie là-bas. Ça avait l'air amusant.

« En effet, dit-il. Quand partez-vous ? » Il pensa : Miami est violent, non ? Fusillades. Cubains. Vice. Lee Harvey Oswald. Sera-t-elle en sécurité ? Et le harcèlement sexuel sur ces bateaux de croisière ? C'est une jolie fille. Pardon, *Marie Claire*, je voulais dire *femme*. Mais fille en un sens, parce qu'elle suscitait ces réflexions semi-paternelles chez quelqu'un comme lui : quelqu'un qui ne bougeait guère de chez lui, allait travailler, et se faisait couper les cheveux. Sa vie, il le reconnaissait, avait été une longue aventure peu téméraire.

« Quel âge avez-vous ?

— Vingt-*sept* », dit-elle comme si elle se trouvait à l'extrême limite de la jeunesse. Si elle n'agissait pas promptement, sa vie serait compromise à jamais; deux ou trois semaines de plus et elle serait exactement comme cette vieille bonne femme en bigoudis là-bas.

« J'ai une fille qui a presque le même âge que vous... Elle a vingt-cinq ans. C'est-à-dire, on en a une autre aussi. Il y en a deux. » Il ne semblait pas le dire comme il fallait.

« Depuis combien de temps êtes-vous marié alors? » demanda Kelly d'un air très étonné.

Gregory la regarda dans la glace. « Vingt-huit ans. » Elle sourit gaiement à l'idée que quelqu'un ait pu être marié aussi longtemps qu'elle avait elle-même vécu.

« L'aînée a quitté le nid, bien sûr, dit-il. Mais nous avons encore Jenny avec nous.

— Ah, très bien », dit Kelly, mais il se rendait compte qu'elle s'ennuyait maintenant. Qu'*il* l'ennuyait, plus précisément. Juste un autre type vieillissant avec des cheveux de plus en plus clairsemés qu'il lui faudrait bientôt peigner plus prudemment... Vivement Miami.

Il avait peur du sexe. C'était la vérité. Il ne savait plus vraiment quel sens ça avait. Il y prenait encore plaisir quand ça arrivait. Il supposait que dans les années à venir il y en aurait de moins en moins — et puis, à un certain moment plus du tout. Mais ce n'était pas ce qui l'effrayait. Et ça n'avait rien à voir non plus avec la façon terriblement explicite dont ils en parlaient maintenant dans les magazines... Dans sa jeunesse ils avaient eu leurs propres audaces. Cela avait semblé tout à fait clair et hardi, à l'époque, lorsqu'il se levait dans la baignoire et qu'Allie le suçait. Tout ça avait été évident alors, et impératif dans sa vérité. Maintenant il se demandait s'il ne s'était pas toujours trompé. Il ne savait plus quel sens ça avait. Il ne pensait pas que les autres en avaient une meilleure idée, mais ça n'arrangeait rien. Il avait envie de hurler. Il avait envie de hurler dans la glace et de se regarder hurler.

La hanche de Kelly — le *creux* de sa hanche — était contre son biceps. Au moins il connaissait la réponse à une de ses questions juvéniles : oui, les poils pubiens blanchissent.

Il ne s'en faisait pas au sujet du pourboire. Il avait un billet de vingt livres. Dix-sept pour la coupe, une pour la fille qui lui avait lavé les cheveux et deux pour Kelly. Et il n'oubliait jamais, au cas où ils augmenteraient le prix, d'apporter une livre supplémentaire. Il était ce genre de personne, il s'en rendait compte. L'homme avec la pièce de secours dans sa poche.

Maintenant Kelly avait fini de couper et se tenait juste derrière lui. Il voyait ses seins de

chaque côté de sa propre tête. Elle prit chacune
de ses pattes de cheveux entre pouce et index et
détourna les yeux. C'était un truc à elle. Aucun
visage n'est vraiment symétrique, lui avait-elle
expliqué, alors si on se fie à la vue, on peut se
tromper. Elle mesurait au toucher, en tournant
toujours les yeux vers la caisse et la rue. Vers
Miami.

Satisfaite, elle empoigna le sèche-cheveux et
le coiffa de manière à obtenir un « effet de souf-
flé » qui durerait jusqu'au soir. À ce stade elle
travaillait machinalement, se demandant sans
doute si elle aurait le temps d'aller en griller une
dehors avant que la prochaine tête humide soit
guidée vers elle. Alors chaque fois elle oubliait,
et allait chercher le miroir.

Ç'avait été une audace de sa part à lui, Gregory, quelques années plus tôt. Une révolte
contre la tyrannie du fichu miroir. Ce côté-ci, ce
côté-là. En plus de quarante ans de visites chez
les coiffeurs et chez Barnet, il avait toujours
acquiescé docilement, qu'il reconnût sa propre
nuque ou non. Il souriait et hochait la tête,
et, voyant ce mouvement reflété dans le miroir
incliné, le traduisait en paroles — « Très bien »
ou « Beaucoup mieux » ou « Parfait » ou « Merci ».
S'ils lui avaient dessiné là un svastika à la tondeuse, il aurait probablement fait mine d'approuver. Et puis, un jour, il avait pensé : Non, je ne

veux pas voir derrière. Si ça va devant, ça doit aller aussi derrière. Ce n'était pas prétentieux, n'est-ce pas ? Non, c'était logique. Il était plutôt fier de son initiative. Bien sûr Kelly oubliait toujours, mais ça n'avait pas d'importance. En fait, c'était mieux, puisque ça signifiait que sa timide victoire était répétée chaque fois. Tandis qu'elle revenait vers lui avec le miroir, en pensant à Miami, il leva une main, lui adressa son sourire indulgent habituel et dit :

« Non. »

L'HISTOIRE DE
MATS ISRAELSON

Devant l'église, qui contenait un autel sculpté apporté d'Allemagne pendant la guerre de Trente Ans, se dressait une rangée de six box à chevaux. Faits de sapin blanc coupé et séché à moins d'une encablure du bourg, ils étaient dépourvus de tout ornement, et même pas numérotés. Mais leur simplicité et leur apparente disponibilité étaient trompeuses. Dans l'esprit de ceux qui allaient à l'église à cheval, et aussi de ceux qui s'y rendaient à pied, ces box étaient numérotés de un à six, de gauche à droite, et étaient réservés aux six hommes les plus importants de la commune. Un étranger qui croyait avoir le droit d'y attacher sa monture, pendant qu'il savourait le *Brännvinsbord* au Central-hotellet, la trouvait, en sortant, à quelque distance de là, errant près de la jetée ou regardant le lac.

La propriété de chaque box était transmise par donation ou testament. Alors que dans

l'église certains bancs étaient réservés à certaines
familles, de génération en génération, sans considération de mérite, à l'extérieur, des critères
de valeur morale et civique s'appliquaient. Un
père pouvait désirer faire don de son box à son
fils aîné, mais si celui-ci ne se montrait pas
assez sérieux, la réputation du père en souffrait.
Quand Halvar Berggren avait succombé à l'abus
d'aquavit, à la frivolité et l'athéisme et légué le
troisième box à un rémouleur itinérant, c'est
Berggren, non le rémouleur, qu'on avait blâmé,
et une attribution plus convenable avait été
effectuée en échange de quelques *riksdaler*.

Personne ne fut surpris quand Anders Bodén
se vit attribuer le quatrième box. Le directeur de
la scierie était réputé pour son ardeur au travail,
son sérieux et sa dévotion à sa famille. S'il
n'était pas excessivement pieux, il était chari-
table. Un automne où la chasse avait été bonne,
il avait empli de bois de rebut une des fosses de
scieur de long, l'avait recouverte d'une grille et y
avait fait cuire un daim dont il avait distribué la
viande à ses ouvriers. Bien qu'il ne fût pas né
dans le bourg, il se chargeait volontiers de montrer aux visiteurs ce qu'il y avait à voir. Il les
pressait de monter tout en haut du *klockstapel* [1] à
côté de l'église. Là, un bras appuyé contre le petit
clocher, il montrait du doigt la briqueterie ;

---

1. Campanile.

au-delà, l'hospice des sourds-muets ; et, presque
hors de vue, la statue érigée à l'endroit où Gustavus Vasa s'adressa aux Dalécarliens en 1520.
Costaud, barbu et enthousiaste, il suggérait même
un pèlerinage au Hökberg, pour voir la stèle placée là peu de temps auparavant à la mémoire du
juriste Johannes Stiernbock. Au loin, un vapeur
traversait le lac ; en bas, placide dans son box, son
cheval attendait.

On disait que si Anders Bodén passait tant de
temps avec les visiteurs, c'était parce que cela
retardait son retour à la maison ; on répétait
que, la première fois qu'il avait demandé Gertrud en mariage, elle lui avait ri au nez, et qu'elle
n'avait commencé à voir ses qualités qu'après sa
propre déception amoureuse avec le gars Mar-
kelius ; on supposait que lorsque le père de Gertrud était allé trouver Anders et avait suggéré
qu'il renouvelle sa demande, les négociations
n'avaient pas été simples. On avait précédemment fait sentir au directeur de la scierie
qu'il était impertinent de courtiser une jeune
fille aussi talentueuse et artiste que Gertrud
— qui, après tout, avait joué des duos de piano
avec Sjögren. Mais le mariage avait été une
réussite, semblait-il, même si on savait qu'elle
ne se gênait pas pour qualifier Anders de « bar-
bant » en public. Il y avait deux enfants, et le
spécialiste qui avait accouché Mme Bodén du

second lui avait conseillé d'éviter une autre
grossesse.

Quand le pharmacien Axel Lindwall et sa
femme Barbro vinrent s'installer dans le bourg,
Anders Bodén les emmena en haut du *klockstapel*, et proposa de les conduire au Hökberg.
Lorsqu'il revint chez lui, Gertrud lui demanda
pourquoi il ne portait pas le badge de l'Office de
tourisme suédois.

« Parce que je n'en fais pas partie.

— Ils devraient te nommer membre hono-
raire », répliqua-t-elle.

Il avait appris à esquiver les sarcasmes de sa
femme en prenant ses paroles au pied de la
lettre, en répondant à ses questions comme si
elles ne signifiaient rien de plus que les mots
qu'elles contenaient. Cela avait tendance à l'aga-
cer encore plus, mais pour lui c'était une protection nécessaire.

« Ils ont l'air charmants tous les deux, dit-il
d'un ton neutre.

— Tu aimes tout le monde.

— Non, ma chérie, je ne pense pas que ce
soit vrai. » Il voulait dire que, par exemple, en
cet instant il ne l'aimait pas.

« Tu fais plus de distinction entre des rondins
qu'entre des membres du genre humain.

— Les rondins, ma chérie, sont très différents
les uns des autres. »

L'arrivée des Lindwall dans le bourg ne suscita pas d'intérêt particulier. Ceux qui avaient professionnellement recours à Axel Lindwall trouvaient tout ce qu'ils pouvaient espérer chez un pharmacien : c'était quelqu'un de pondéré et de sérieux, qui considérait flatteusement toutes les maladies comme potentiellement fatales, tout en les jugeant curables. Un homme de petite taille, aux cheveux de lin ; on prédisait qu'il prendrait de l'embonpoint avec l'âge. Mme Lindwall suscitait moins de commentaires encore, n'étant ni d'une beauté menaçante ni d'une laideur méprisable, ni vulgaire ni trop soignée dans sa façon de s'habiller, ni m'as-tu-vu ni trop effacée. C'était juste une nouvelle épouse, et donc quelqu'un qui devait attendre son tour. En tant que nouveaux venus, les Lindwall restaient discrets, ce qui était convenable, tout en allant régulièrement à l'église, ce qui était également convenable. On disait que la première fois qu'Axel avait aidé Barbro à monter dans le canot qu'ils achetèrent cet été-là, elle lui avait demandé anxieusement : « Tu es sûr, Axel, qu'il n'y a pas de requins dans ce lac ? » Mais on ne pouvait pas être sûr, honnêtement, que Mme Lindwall ne plaisantait pas.

Un mardi sur deux, Anders Bodén prenait le vapeur pour aller inspecter les hangars de séchage. Ce jour-là il se tenait au bastingage, près de la cabine de première classe, quand il prit conscience d'une présence à côté de lui.

« Madame Lindwall. » Tandis qu'il prononçait ces mots, les paroles de sa femme lui revinrent à l'esprit : « Elle a moins de menton qu'un écureuil. » Gêné, il regarda la rive du lac et ajouta : « Voilà la briqueterie.

— Oui. »

Un moment plus tard : « Et l'hospice des sourds-muets.

— Oui.

— Bien sûr. » Il se rappelait qu'il les lui avait déjà montrés du haut du *klockstapel*.

Elle portait un canotier orné d'un ruban bleu.

Deux semaines plus tard, elle était encore sur le vapeur. Elle avait une sœur qui habitait juste à côté de Rättvik. Il essaya de se rendre intéressant à ses yeux. Il lui demanda si son mari et elle avaient visité la cave où s'était caché Gustavus Vasa pour échapper à ses poursuivants danois. Il lui parla de la forêt, expliqua que ses couleurs et sa texture changeaient avec les saisons et que, même du bateau, il pouvait voir comment on l'exploitait, là où n'importe qui d'autre ne voyait qu'une masse d'arbres. Elle suivait poliment des yeux les directions qu'il indiquait de son bras tendu ; peut-être était-il vrai que de profil son menton était un peu trop court, et le bout de son nez étrangement mobile. Il se rendait compte qu'il n'avait jamais bien su comment parler aux femmes, et que jusque-là cela ne l'avait pas gêné.

« Pardon, dit-il. Ma femme affirme que je devrais porter le badge de l'Office de tourisme suédois.

— J'aime qu'un homme me dise ce qu'il sait », répondit Mme Lindwall.

Ses paroles le troublèrent. Était-ce une critique à l'égard de Gertrud, un encouragement, ou le simple énoncé d'un fait ?

Au souper, ce soir-là, sa femme dit : « De quoi parles-tu avec Mme Lindwall ? »

Il ne sut pas quoi répondre, ou plutôt comment répondre. Mais comme d'habitude il se réfugia dans le sens le plus simple des mots, et feignit de ne pas être surpris par la question. « De la forêt. Je lui parlais de la forêt.

— Et ça l'intéressait ? La forêt, je veux dire.

— Elle a grandi en ville. Elle n'avait jamais vu autant d'arbres avant de venir dans cette région.

— Eh bien, dit Gertrud, il y a une multitude d'arbres dans une forêt, n'est-ce pas, Anders ? »

Il voulut dire : elle s'intéressait plus à la forêt que tu l'as jamais fait. Il voulut dire : tu es injuste au sujet de son physique. Il voulut dire :

qui m'a vu parler avec elle? Il ne dit rien de tout
cela.

Au cours de la quinzaine suivante, il se prit à
penser que Barbro était un prénom agréable et
plus doux à l'oreille que... d'autres prénoms. Il
s'aperçut aussi que l'idée d'un ruban bleu
autour d'un chapeau de paille lui réjouissait le
cœur.

Quand il partit ce mardi-là, Gertrud lui dit :
« Mes amitiés à la petite Mme Lindwall. »

Il eut soudain envie de dire : « Et si je tombais
amoureux d'elle? » Au lieu de cela il répondit :
« Je n'y manquerai pas si je la vois. »

Sur le vapeur, il eut à peine la patience
d'échanger les longues civilités d'usage. Avant
même qu'on eût largué les amarres, il commença à lui dire ce qu'il savait. Au sujet du bois
d'œuvre, comment il est produit, transporté,
taillé. Il expliqua la différence entre la taille
bâtarde et la taille en quartier. Il énuméra les
trois parties du tronc : la moelle, le bois de cœur
et l'aubier, et expliqua que dans les arbres arri-
vés à maturité le bois de cœur est le plus volumi-
neux, tandis que l'aubier est ferme et élastique.
« Un arbre est comme un homme, dit-il. Il lui
faut soixante-dix ans pour arriver à maturité, et
il est inutile au-delà de cent. »

Il lui raconta qu'une fois, à Bergsforsen, où

un pont enjambe les rapides, il avait vu quatre
cents hommes au travail, les avait regardés
attraper les rondins qui descendaient la rivière
et les disposer dans le *sorteringsbommar* en fonc-
tion des marques distinctives de leurs propriétaires. Il lui expliqua, en homme d'expérience,
les différents systèmes de marquage. Le bois
suédois est marqué au pochoir en rouge, le bois
de qualité inférieure en bleu. Le norvégien,
en bleu à chaque bout avec les initiales de l'expéditeur. Le bois prussien est marqué au stylet
sur le côté près du milieu. Le bois russe, au
poinçon ou au marteau à chaque extrémité. Le
bois canadien est marqué au pochoir en noir
et blanc. L'américain, à la craie rouge sur le
côté.

« Avez-vous vu tout cela ? » demanda-t-elle. Il
avoua qu'il n'avait pas encore examiné de bois
nord-américain ; il avait seulement lu ça quelque
part.

« Alors chaque propriétaire a sa propre marque ?

— Bien sûr. Sinon, un homme pourrait voler
les rondins d'un autre... » Il n'aurait pu dire si
elle se moquait de lui — de tout le monde des
hommes, peut-être — ou non.

Soudain il y eut un éclat de soleil sur le rivage
qu'ils regardaient tous les deux. Elle tourna de
nouveau les yeux vers lui, et de face les singula-

rités de son profil s'accordèrent à l'harmonie de
son visage : ce petit menton qui faisait ressortir
ses lèvres, le bout de son nez, ces grands yeux
gris-bleu... c'était au-delà de toute description,
au-delà même de l'admiration. Il se sentit futé
de deviner la question dans ses yeux.

« C'est un belvédère. Sans doute quelqu'un
avec une longue-vue. On nous surveille... » Mais
il perdit son assurance en prononçant ces derniers mots. Cela ressemblait à ce qu'aurait pu
dire un autre homme.

« Pourquoi ? »

Il ne sut pas quoi répondre. Il regarda le
rivage, où le belvédère scintilla encore. Embarrassé, il lui raconta l'histoire de Mats Israelson,
mais il la raconta mal, et trop vite, et elle ne
parut pas intéressée. Elle ne sembla même pas
comprendre que c'était une histoire vraie.

« Pardon, dit-elle comme si elle sentait sa
déception. Je n'ai pas beaucoup d'imagination.
Je ne m'intéresse qu'à ce qui arrive réellement.
Les légendes me semblent... sottes. Nous en
avons trop dans notre pays. Axel me gronde
d'avoir cette opinion. Il dit que je ne fais pas
honneur à mon pays. Il dit que les gens me
prendront pour une femme moderne... Mais ce
n'est pas ça non plus. C'est seulement que j'ai
peu d'imagination. »

Anders trouva ce petit discours réconfortant.

C'était comme si elle lui donnait des conseils. Regardant toujours le rivage, il lui parla de la mine de cuivre de Falun qu'il avait visitée une fois. Il s'en tint aux faits. Il lui dit que c'était la plus grande mine de cuivre du monde après celles du lac Supérieur ; qu'elle était exploitée depuis le XIIIe siècle ; que les entrées se trouvaient près d'un vaste affaissement dans le sol, connu sous le nom de *Stöten*, qui s'était produit à la fin du XVIIe siècle ; que la galerie la plus profonde descendait jusqu'à 1300 pieds ; que la production annuelle était maintenant d'environ 400 tonnes de cuivre, plus de petites quantités d'argent et d'or ; que la visite coûtait deux *riksdaler* ; que les coups de fusil étaient en supplément.

« Les coups de fusil sont en supplément ?

— Oui.

— Pourquoi des coups de fusil ?

— Pour entendre l'écho. »

Il lui dit que les visiteurs téléphonaient généralement de Falun pour annoncer leur arrivée ; qu'on leur prêtait une tenue de mineur et qu'ils étaient accompagnés par un mineur ; que les marches étaient éclairées par des torches ; que cela coûtait deux *riksdaler*. Il lui avait déjà dit ça. Ses sourcils, remarqua-t-il, étaient nettement marqués, et plus sombres que ses cheveux.

Elle dit : « J'aimerais visiter Falun. »

Ce soir-là, il vit tout de suite que Gertrud était de mauvaise humeur. Finalement elle dit : « Une femme a droit à la discrétion de son mari quand il arrange un rendez-vous avec sa maîtresse. » Chaque mot retentissait comme un tintement assourdi du *klockstapel*.

Il se contenta de la regarder. Elle continua : « Mais j'admire ta naïveté... D'autres hommes attendraient au moins que le bateau soit loin de la jetée pour commencer les cajoleries.

— Tu te trompes, dit-il.

— Si mon père n'était pas un homme d'affaires aussi important, il te tuerait.

— Alors ton père devrait s'estimer heureux que le mari de Mme Alfredsson qui tient le *konditori* derrière l'église à Rättvik soit aussi un homme d'affaires important. » C'était une phrase trop longue, lui sembla-t-il, mais elle fit son effet.

Cette nuit-là, Anders Bodén se rappela toutes les insultes de sa femme et les empila aussi nettement dans un coin de son cerveau qu'un tas de bûches. Si c'est ce qu'elle est capable de croire, pensa-t-il, alors c'est ce qui peut arriver. Sauf qu'il ne voulait pas avoir une maîtresse — quelque pâtissière à qui il offrirait des cadeaux, une liaison dont il se vanterait dans les pièces où les hommes fumaient des petits cigares ensemble... Il pensa : Bien sûr, maintenant je

comprends, en réalité je l'aime depuis notre première rencontre sur le vapeur. Je ne l'aurais pas
compris aussi vite si Gertrud ne m'avait pas
aidé. Je n'avais jamais imaginé que ses sarcasmes pouvaient avoir une quelconque utilité,
mais cette fois ils en ont eu une.

Pendant les deux semaines suivantes, il ne se
laissa pas aller à rêver. Il n'avait pas besoin de
rêver, parce que tout était maintenant clair et
réel et décidé. Il vaquait à ses occupations habi-
tuelles et, dans ses moments libres, pensait au
peu d'attention avec lequel elle avait écouté
l'histoire de Mats Israelson. Elle avait cru que
c'était une légende. Il savait qu'il l'avait mal
racontée. Et donc il commença à s'exercer,
comme un écolier apprenant un poème. Il la lui
raconterait de nouveau, et cette fois elle saurait,
simplement à la façon dont il le ferait, qu'elle
était vraie. Ce n'était pas très long, mais il était
important qu'il apprenne à la raconter exactement comme il avait raconté la visite de la
mine.

En 1719, commençait-il en craignant un peu
que cette date lointaine ne l'ennuie, mais aussi
convaincu que cela conférait de l'authenticité à
l'histoire. En 1719, commençait-il donc en
attendant sur le quai le retour du vapeur, un
corps fut découvert dans la mine de cuivre de

Falun. Ce corps, continuait-il en regardant la rive opposée, était celui d'un jeune homme, Mats Israelson, qui avait péri là quarante-neuf ans auparavant. Ce corps, disait-il aux mouettes qui suivaient bruyamment le bateau, était parfaitement conservé. La raison en était, expliquait-il au belvédère, à l'hospice des sourds-muets, à la briqueterie, que les émanations de sulfate de cuivre avaient empêché la décomposition. On savait que ce corps était celui de Mats Israelson, murmurait-il à l'homme qui, sur la jetée, attrapait l'amarre lancée, parce qu'il avait été identifié par une vieille qui l'avait connu autrefois. Quarante-neuf ans plus tôt, concluait-il, en silence cette fois, fiévreux et incapable de dormir, tandis que sa femme geignait doucement à côté de lui et qu'un souffle d'air agitait le rideau, quarante-neuf ans plus tôt, quand Mats Israelson avait disparu, cette vieille femme, alors aussi jeune que lui, avait été sa fiancée.

Il se rappelait comment, tournée vers lui, une main sur la rambarde, de sorte que son alliance était visible, elle avait dit, simplement : « J'aimerais visiter Falun. » Il imaginait d'autres femmes lui disant : « J'aimerais tant voir Stockholm... » Ou : « Chaque nuit je rêve de Venise. » Elles rivaliseraient d'élégance avec les femmes de la ville en fourrure, et ne s'intéresseraient à aucune

autre réaction qu'une respectueuse admiration.
Mais elle avait dit : « J'aimerais visiter Falun », et
la simplicité de ses paroles l'avait rendu muet. Il
s'exerçait à dire, avec une égale simplicité : « Je
vous y emmènerai. »

Il se persuadait que s'il lui racontait l'histoire
de Mats Israelson correctement, cela l'inciterait
à prononcer de nouveau ces mots : « J'aimerais
visiter Falun. » Et alors il répondrait : « Je vous y
emmènerai. » Et tout serait décidé. Il y travailla
donc jusqu'à ce qu'il puisse la raconter sous une
forme qui lui plairait : simple, dure, vraie. Il la
lui raconterait dix minutes après l'appareillage, à
ce qu'il considérait déjà comme *leur* place, près
du bastingage devant la cabine de première
classe.

Il repensa une dernière fois à son histoire en
approchant de la jetée. C'était le premier mardi
de juin. Il fallait être précis avec les dates. 1719,
pour commencer. Et pour finir : le premier
mardi de juin en cette année de Notre Seigneur
1898. Le ciel était clair, le lac était pur, les
mouettes étaient discrètes, la forêt sur le flanc de
la colline derrière le bourg était pleine d'arbres
aussi droits et honnêtes qu'un honnête homme.
Elle ne vint pas.

On remarqua que Mme Lindwall n'était pas
allée à son rendez-vous supposé avec Anders

Bodén. On en déduisit — les commérages allaient toujours bon train — qu'ils avaient dû se
disputer, ou qu'ils avaient décidé de se cacher.
On se demanda si un directeur de scierie assez
chanceux pour être marié avec une femme qui
possédait un piano importé d'Allemagne prête-
rait vraiment attention à l'épouse quelconque
d'un pharmacien. On répliqua qu'Anders Bodén
avait toujours été un rustre avec de la sciure dans
les cheveux, et qu'il cherchait simplement une
femme de sa propre classe, comme les rustres ont
coutume de faire. On ajouta que les Bodén faisaient chambre à part depuis la naissance de leur
deuxième enfant. On se demanda brièvement si
on n'avait pas inventé toute cette histoire, mais
on décida que la pire interprétation des événe-
ments était généralement la plus sûre et, finalement, la plus vraie.

Les ragots cessèrent, ou du moins dimi-
nuèrent, quand on découvrit que la raison pour
laquelle Mme Lindwall n'était pas allée voir sa
sœur à Rättvik était qu'elle était enceinte de son
premier enfant. On estima que cela sauvait fort
opportunément la réputation menacée de Barbro Lindwall.

Et voilà, pensa Anders Bodén. Une porte
s'ouvre, puis se ferme avant qu'on ait eu le temps
de la franchir. Un homme a autant le pouvoir de
contrôler sa destinée qu'un rondin marqué au

pochoir en rouge ou bleu qui est rejeté dans le torrent par des hommes armés de gaffes. Peut-être n'était-il rien de plus que ce qu'on disait qu'il était : un rustre assez chanceux pour être le mari d'une femme qui avait joué des duos avec Sjögren. Mais alors sa vie, désormais, ne change-rait jamais et donc, il le comprenait, il ne change-rait plus jamais non plus. Il resterait figé, comme un corps parfaitement conservé, en cet instant — non, l'instant qu'il avait failli vivre, qu'il aurait pu vivre, la semaine précédente. Rien ni per-sonne au monde, ni épouse, ni Église, ni société, ne pourrait l'empêcher de décider que son cœur ne battrait plus jamais.

Barbro Lindwall ne fut pas sûre de ses senti-ments pour Anders Bodén avant de comprendre qu'elle passerait maintenant le reste de son exis-tence avec son mari. D'abord naquit le petit Ulf et, un an plus tard, Karin. Axel adorait les deux bambins, et elle aussi. Peut-être cela suffirait-il. Sa sœur alla s'installer dans le nord du pays, là où poussait le faux mûrier, et envoya chaque année ses pots de confiture jaune. En été, Axel et elle canotaient sur le lac. Il prenait du poids comme prévu. Les enfants grandissaient. Un jour de printemps, un ouvrier de la scierie nagea devant le vapeur et fut blessé à mort; l'eau rougit dans le sillage comme s'il avait été happé

par un requin. Un passager qui se tenait à
l'avant affirma que l'homme avait nagé résolu-
ment jusqu'au dernier moment. On raconta
qu'on avait vu la femme de la victime aller dans
la forêt avec un des camarades de travail de son
mari. On ajouta que celui-ci était ivre et qu'il
avait parié qu'il pourrait passer juste devant la
proue du vapeur. L'officier de police chargé de
l'enquête estima qu'il n'avait pas dû entendre le
bateau à cause de l'eau dans ses oreilles, et
conclut à un accident.

Nous ne sommes que des chevaux dans nos
box, se disait parfois Barbro. Les box ne sont
pas numérotés, mais nous savons quand même
quelle est notre place. Il n'y a pas d'autre vie.

Mais si seulement il avait pu lire dans mon
cœur avant moi... Je ne parle pas avec les
hommes comme ça, ne les écoute pas comme
ça, ne les regarde pas dans les yeux comme ça.
Pourquoi n'a-t-il pas deviné ?

La première fois qu'elle l'avait revu — lui avec
sa femme, elle avec son mari, flânant au bord du
lac après le service religieux —, elle avait été sou-
lagée d'être enceinte parce que dix minutes plus
tard elle avait eu une violente nausée dont la
cause eût été sans cela évidente. Tout ce qu'elle
avait pu penser, tandis qu'elle vomissait dans
l'herbe, c'était que les doigts qui lui tenaient la
tête étaient ceux de l'homme qu'elle n'aimait pas.

Elle ne voyait jamais Anders Bodén seule ; elle
y veillait. Une fois, l'apercevant au moment où il
montait sur le vapeur devant elle, elle fit demi-
tour et s'éloigna de la jetée. À l'église elle entre-
voyait parfois sa tête, et imaginait qu'elle entendait sa voix parmi toutes les autres. Quand elle
sortait, la présence de son mari la protégeait ; à
la maison, elle gardait ses enfants près d'elle.
Une fois, Axel suggéra qu'ils invitent les Bodén
à un goûter ; elle répondit que Mme Bodén
s'attendrait sûrement à ce qu'on leur serve du
madère et de la génoise et, que même s'il y en
avait, elle regarderait de haut un simple pharmacien et sa femme, des nouveaux venus en plus.
La suggestion ne fut pas répétée.

Elle ne savait que penser de ce qui s'était
passé. À qui demander ? Elle songeait parfois à
des cas semblables, mais ils étaient tous honteux
et semblaient n'avoir aucun rapport avec son
propre cas. Elle n'était pas préparée à une souffrance permanente, silencieuse, secrète. Une
année, quand la confiture de sa sœur arriva, elle
regarda un des pots, le verre, le couvercle métallique, le cercle de mousseline, les mots écrits à la
main sur l'étiquette, la date — la date ! — et le
contenu lui-même, la confiture jaune, et elle
pensa : c'est ce que j'ai fait à mon cœur. Et chaque année, quand les pots arrivèrent du Nord,
elle pensa la même chose.

Au début Anders continua à lui dire, tout bas,
ce qu'il savait. Parfois il était un guide touris-
tique, parfois un directeur de scierie. Il aurait
pu, par exemple, lui parler des *défauts du bois*.
Une « roulure » est une gerçure à l'intérieur du
tronc entre deux couches de croissance ; on
parle de « maille » ou de « cadranure » lorsqu'il y
a des fissures rayonnant dans plusieurs directions, ou que, souvent dans les vieux arbres, la
crevasse s'étend du cœur du tronc vers sa cir-
conférence.

Au cours des années qui se succédèrent
ensuite, bien souvent — quand Gertrud le mori-
génait, quand l'aquavit lui montait à la tête,
quand des yeux polis lui disaient qu'il était
devenu en effet bien ennuyeux, quand le lac
gelait sur ses bords et que la course de patinage
jusqu'à Rättvik pouvait avoir lieu, quand sa fille
sortit de l'église au bras de son mari et qu'il vit
dans ses yeux plus d'espoir que, il le savait, il
n'était justifié d'en avoir, quand les longues
nuits commençaient et que son cœur semblait
entrer lui aussi en hibernation, quand son cheval
s'arrêtait net et se mettait à trembler, effrayé par
ce qu'il sentait mais ne pouvait voir, quand le
vieux vapeur fut mis en cale sèche un hiver et
repeint en couleurs fraîches, quand des amis de

Trondheim lui demandèrent de leur montrer la mine de cuivre de Falun et qu'après avoir accepté il se trouva mal dans la salle de bain une heure avant le départ et s'enfonça les doigts dans la gorge pour se faire vomir, quand il voyait du vapeur l'hospice des sourds-muets, quand les choses changeaient dans le bourg, quand elles restaient les mêmes année après année, quand les mouettes quittaient leur place près de la jetée pour crier à l'intérieur de son crâne, quand son index gauche dut être amputé à la deuxième phalange après qu'il eut distraitement tiré sur une pile de rondins dans un des hangars de séchage —, en ces occasions et bien d'autres, il pensa à Mats Israelson. Et au fil des années, d'un clair énoncé de faits qui pouvait être présenté comme un cadeau d'amant, l'histoire de Mats Israelson se transforma dans son esprit en quelque chose de plus vague mais de plus puissant. En légende, peut-être — une chose qui ne l'aurait pas intéressée.

Elle avait dit : « J'aimerais visiter Falun », et tout ce qu'il aurait eu besoin de répondre c'était : « Je vous y emmènerai. » Peut-être que si elle avait dit, coquettement, comme une de ces femmes imaginées : « J'aimerais tant voir Stockholm... », ou « Chaque nuit je rêve de Venise », il aurait tout laissé pour elle, aurait acheté des billets de train le lendemain matin, causé un scandale, et serait revenu chez lui quelques mois plus tard, ivre et implorant. Mais il n'était pas comme ça, parce qu'elle n'était pas comme ça. « J'aimerais visiter Falun » avait été une remarque bien plus dangereuse que « Chaque nuit je rêve de Venise ».

Les années passant, et ses enfants devenant grands, Barbro Lindwall était parfois saisie d'une terrible appréhension à l'idée que sa fille pourrait épouser le fils Bodén. Cela, pensait-elle, serait le pire châtiment au monde. Mais ce fut à Bo Wicander que Karin s'attacha le moment venu, et aucune taquinerie ne put l'en dissuader. Bientôt tous les enfants Bodén et Lindwall furent mariés. Axel devint un gros homme à la respiration sifflante qui craignait secrètement d'empoisonner quelqu'un par erreur. Les cheveux de Gertrud Boldén grisonnèrent, et une attaque ne lui laissa qu'une main pour jouer du piano. Barbro, quant à elle, arracha d'abord soigneusement chaque cheveu blanc, puis eut recours à la teinture. Le fait qu'elle eût gardé sa silhouette d'antan presque sans l'aide de corsets lui semblait cruellement ironique.

« Tu as une lettre », lui dit Axel un après-midi, d'un ton neutre. Il la lui tendit. L'écriture était inconnue, le cachet de la poste était celui de Falun.

« Chère madame Lindwall, je suis à l'hôpital ici. Il y a une chose dont j'aimerais beaucoup discuter avec vous. Vous serait-il possible de me rendre visite un mercredi ? Sincèrement vôtre, Anders Bodén. »

Elle rendit la lettre à son mari et le regarda la lire.

« Eh bien ? fit-il.

— J'aimerais visiter Falun.

— Bien sûr. » Il voulait dire : bien sûr que tu veux y aller, on a toujours prétendu que tu étais sa maîtresse. Je n'en étais pas sûr, mais naturellement j'aurais dû deviner, c'était ce que signifiaient cette froideur soudaine puis cet air absent pendant toutes ces années ; bien sûr, bien sûr. Mais elle entendit seulement : bien sûr que tu dois y aller.

« Merci, dit-elle. Je prendrai le train. Il sera peut-être nécessaire de rester jusqu'au lendemain.

— Bien sûr. »

Étendu dans son lit d'hôpital, Anders Bodén pensait à ce qu'il lui dirait. Enfin, après toutes ces années — vingt-trois, pour être précis —, chacun d'eux avait vu l'écriture de l'autre. Cet échange, ce premier aperçu qu'ils avaient de nouveau l'un de l'autre, était aussi intime que n'importe quel baiser... Son écriture était petite, nette, scolaire ; on n'y décelait aucun signe de vieillesse. Il songea, brièvement, à toutes les lettres qu'il aurait pu recevoir d'elle.

D'abord il se dit qu'il pourrait simplement lui raconter derechef l'histoire de Mats Israelson, dans la version qu'il avait mise au point. Alors elle saurait, et comprendrait. Mais était-ce bien sûr ? Ce n'était pas parce que cette histoire ne l'avait pas quitté, lui, un seul jour pendant plus de vingt ans, qu'elle s'en souviendrait forcément. Alors elle pourrait y voir un stratagème, ou un jeu, et les choses pourraient mal se passer.

Mais il était important de ne pas lui dire qu'il était mourant. Ce serait l'inquiéter injustement. Pis encore, la compassion pourrait l'inciter à modifier sa réponse. Il voulait la vérité lui aussi, pas une légende. Il dit aux infirmières qu'une chère cousine allait lui rendre visite, mais que, en raison d'un cœur fragile, elle ne devait en aucun cas être informée de la gravité de son état. Il leur demanda de lui tailler la barbe et de peigner ses cheveux. Quand elles eurent quitté la pièce, il frotta un peu de poudre dentaire sur ses gencives, et glissa sa main mutilée sous le drap.

Lorsqu'elle avait reçu la lettre, les choses lui avaient paru simples ; ou sinon simples, du moins indiscutables : pour la première fois en vingt-trois ans il lui demandait quelque chose ; donc son mari, auquel elle était toujours restée fidèle, ne devait pas s'opposer à cette requête. Il ne l'avait pas fait, mais à partir de là les choses avaient commencé à devenir moins claires. Par exemple, que devait-elle porter pour le voyage ? Aucun vêtement ne semblait convenir pour une telle occasion, qui n'était ni une réjouissance ni un enterrement. À la gare, l'employé du guichet avait répété « Falun », et le chef de gare avait reluqué son sac de voyage. Elle s'était sentie entièrement vulnérable — si quelqu'un l'y avait juste un peu poussée, elle se serait mise à tout expliquer, sa vie, ses intentions, sa vertu... « Je vais au chevet d'un mourant, aurait-elle dit. Il a sûrement un dernier message pour moi. » Cela devait être le cas, n'est-ce pas — qu'il était mourant ? Sinon, ça n'avait pas de sens. Sinon, pourquoi maintenant puisqu'il n'avait pas cherché à la revoir quand le dernier de leurs enfants avait quitté la maison, quand Axel et elle étaient redevenus un simple couple ?

Elle descendit au Stadshotellet, près de la place du marché. Là aussi il lui sembla que l'employé examinait son sac de voyage, son statut de femme mariée, ses motifs.

« Je viens voir un ami à l'hôpital », dit-elle, bien qu'on ne lui eût rien demandé.

Dans sa chambre, elle regarda le châlit métallique en arceau, le matelas, l'armoire neuve.

Elle ne s'était encore jamais trouvée seule dans
un hôtel. Des femmes viennent là, pensa-
t-elle — certaines femmes. Elle eut l'impression
qu'« on » pouvait la voir maintenant — seule dans
cette chambre... Il semblait étonnant qu'Axel
l'eût laissée venir. Il semblait étonnant qu'Anders Bodén l'eût fait venir ainsi sans explication.

Son sentiment de vulnérabilité commença à
se teinter d'irritation. Que faisait-elle ici ? Que
lui faisait-il faire ? Elle pensa à des livres qu'elle
avait lus, le genre de romans dont Axel désapprouvait la lecture. Dans ces livres, on faisait
parfois allusion à des scènes dans des chambres
d'hôtel. Dans ces livres, des couples s'enfuyaient
— mais pas quand l'un des amants était à l'hôpital. Dans ces livres, il y avait d'émouvants
mariages au chevet d'un des amants mori-
bond — mais pas quand l'un et l'autre étaient
encore mariés. Alors qu'allait-il arriver ? « Il y a
une chose, avait-il écrit, dont j'aimerais beaucoup discuter avec vous. » *Discuter* ? Elle était
une femme d'âge mûr qui apportait un pot de
confiture de faux mûrier à un homme qu'elle
avait connu un peu, vingt-trois ans plus tôt. Eh
bien, c'était à lui de trouver un sens à tout ça. Il
était l'homme, et elle avait fait plus que sa part
rien qu'en venant ici. Elle n'était pas restée une
respectable femme mariée pendant toutes ces
années simplement par hasard.

« Vous avez maigri.

— On dit que ça me va », répondit-il en souriant. « On » : il voulait manifestement dire « ma femme ».

« Où est votre femme ?

— Elle vient d'autres jours de la semaine. » Ce qui n'allait bien sûr pas échapper au personnel de l'hôpital. Oh, sa femme vient le voir ces jours-là, et « elle » vient quand sa femme a le dos tourné...

« Je croyais que vous étiez très malade.

— Non, non », répondit-il gaiement. Elle semblait très nerveuse — oui, à vrai dire, un peu comme un écureuil, avec un regard anxieux, sans cesse en mouvement. Eh bien, il devait la calmer, la rassurer. « Ça va. Ça va aller.

— Je croyais... » Elle hésita. Non, les choses devaient être claires entre eux. « Je croyais que vous étiez mourant.

— Je vivrai aussi longtemps qu'un sapin sur le Hökberg. »

Il souriait, adossé aux oreillers. Sa barbe avait été taillée, ses cheveux soigneusement peignés ; il n'était pas mourant finalement, et sa femme était dans une autre ville. Elle attendit.

« C'est le toit de l'église Kristina-Kyrka », dit-il.

Elle s'approcha de la fenêtre et regarda

l'église. Quand Ulf était petit, elle devait toujours se tourner avant qu'il consente à lui confier un secret. Peut-être était-ce ce dont Anders Bodén avait besoin. Alors elle regarda le toit de cuivre rutilant au soleil et attendit. Après tout, il était l'homme.

Son silence, et son dos tourné, inquiétèrent Anders. Ce n'était pas ce qu'il avait prévu. Il n'avait même pas osé l'appeler Barbro, familièrement, comme une vieille connaissance... Que lui avait-elle dit autrefois ? « J'aime qu'un homme me dise ce qu'il sait. »

« Cette église a été construite au milieu du xixe siècle, commença-t-il. Je ne sais pas quand au juste. » Elle ne répondit pas. « Le toit a été fabriqué avec du cuivre extrait de la mine locale. » Toujours pas de réaction. « Mais je ne sais pas s'il date de la même époque, ou s'il s'agit d'un ajout ultérieur. J'ai l'intention de m'informer à ce sujet », ajouta-t-il en s'efforçant de prendre un ton résolu. Elle resta silencieuse. La seule voix qu'il entendit était celle de Gertrud, murmurant : « Badge de l'Office de tourisme suédois. »

Barbro était maintenant en colère contre elle-même aussi. Bien sûr elle ne l'avait jamais vraiment connu, n'avait jamais su comment il était réellement. Elle s'était simplement laissé séduire par une chimère de jeune fille durant tout ce temps.

« Vous n'êtes pas mourant ?

— Je vivrai aussi longtemps qu'un sapin sur le Hökberg.

— Alors vous allez assez bien pour venir dans ma chambre au Stadshotellet. » Elle dit cela aussi durement qu'elle le put, avec tout le mépris qu'elle ressentait en cet instant pour le monde des hommes, si imbus d'eux-mêmes avec leurs cigares et leurs maîtresses et leurs stupides barbes.

« Madame Lindwall... » Toute clarté d'esprit l'abandonna. Il voulait lui dire qu'il l'aimait, qu'il l'avait toujours aimée, qu'il pensait à elle la plupart du — non, tout le temps. C'était ce qu'il avait prévu de dire : « Je pense à vous la plupart du — non, tout le temps. » Et puis : « Je vous ai aimée dès l'instant où je vous ai rencontrée sur le vapeur. Vous m'avez toujours aidé à vivre depuis. »

Mais son irritation le découragea. Elle pensait qu'il n'était qu'un séducteur. Alors les mots qu'il avait préparés ressembleraient à ceux d'un séducteur. Et il ne la connaissait pas, finalement. Pas plus qu'il ne savait comment parler aux femmes. Ça l'enrageait de penser qu'il y avait des hommes là dehors, des beaux parleurs qui, eux, savaient quoi dire. Oh, finis-en, pensa-t-il soudain, gagné par l'irritation de son interlocutrice. Tu seras bientôt mort de toute façon, alors finis-en.

« Je croyais, dit-il — et son ton était rude, agressif, comme celui d'un âpre négociateur —, je croyais, madame Lindwall, que vous m'aimiez. »

Il vit ses épaules se crisper.

« Ah », fit-elle. La vanité de cet homme... Quelle fausse image elle s'était faite de lui pendant toutes ces années, celle d'une personne pleine de discrétion et de tact, et faisant preuve d'une inaptitude presque répréhensible à plaider sa cause... En réalité il n'était qu'un homme comme les autres, qui se comportait comme les hommes le faisaient dans les livres, et elle n'était qu'une femme comme les autres puisqu'elle avait cru le contraire.

Toujours face à la fenêtre, elle lui répondit comme s'il était le petit Ulf avec un de ses secrets puérils. « Vous vous trompiez. » Puis elle se tourna de nouveau vers ce vil dandy souriant, cet homme qui était manifestement un habitué des chambres d'hôtel. « Mais merci — elle n'était pas très douée pour l'ironie, et chercha brièvement un sujet — merci de m'avoir montré l'hospice des sourds-muets. »

Elle songea à remporter la confiture de faux mûrier, mais jugea cela peu convenable. Il y avait encore un train qu'elle pouvait prendre ce soir-là. L'idée de passer la nuit à Falun lui faisait horreur.

Pendant un long moment, l'esprit d'Anders Bodén fut vide de toute pensée. Il regarda la vive couleur du toit de cuivre s'assombrir peu à peu. Il sortit sa main mutilée de sous le drap et s'en servit pour ébouriffer ses cheveux bien peignés. Il donna le pot de confiture à la première infirmière qui entra dans la pièce.

Une des choses qu'il avait apprises dans la vie, et sur laquelle il espérait pouvoir compter, c'était qu'une grande douleur en chasse une plus petite. Un mal de dent fait oublier un muscle froissé, un doigt écrasé fait oublier le mal de dent. Il espérait — c'était son seul espoir à présent — que la douleur du cancer, l'angoisse de mourir, chasseraient les souffrances de l'amour. Cela semblait peu probable.

Quand le cœur se brise, pensa-t-il, il se fend comme un madrier, tout du long. À ses débuts à la scierie, il avait vu Gustaf Olsson prendre un madrier, y enfoncer un coin et pousser un peu dessus. Le bois se fendait le long de sa fibre, d'un bout à l'autre. C'était tout ce que vous aviez besoin de savoir au sujet du cœur : où était la fibre. Alors d'une petite secousse, d'un geste, d'un mot, vous pouviez le détruire.

Tandis que la nuit tombait et que le train longeait le lac, de plus en plus sombre, où tout cela

avait commencé, tandis que sa honte et son
remords s'atténuaient, elle essaya de penser clairement. C'était la seule façon de tenir la douleur à
distance : penser clairement, ne s'intéresser qu'à
ce qui arrive réellement, à ce qu'on sait être vrai.
Et elle savait ceci : que l'homme pour lequel,
à n'importe quel moment au cours des vingt-
trois dernières années, elle aurait quitté mari et
enfants, pour lequel elle aurait perdu sa réputation et sa place dans la société, avec lequel elle
aurait fui Dieu sait où, n'était pas, et n'aurait
jamais été, digne de son amour. Axel, qu'elle res-
pectait, qui était un bon père de famille, en était
bien plus digne — et pourtant elle ne l'aimait pas,
si ce qu'elle avait éprouvé pour Anders Bodén
était la mesure des choses. C'était donc le mal-
heur de sa vie : ne pas aimer un homme qui méritait de l'être, et en aimer un qui ne le méritait
pas. Ce qui avait été pour elle une présence
permanente, une vague espérance, aussi fidèle
qu'une ombre ou un reflet dans l'eau, n'était rien
de plus que cela : une ombre, un reflet. Rien de
réel. Bien qu'elle se flattât d'avoir peu d'imagination, et qu'elle fît peu de cas des légendes, elle
s'était laissée aller à passer la moitié de sa vie dans
un rêve frivole... Tout ce qu'on pouvait dire en sa
faveur, c'est qu'elle avait gardé sa vertu. Mais que
valait un tel éloge ? Eût-elle été mise à l'épreuve
qu'elle n'aurait pas résisté un instant.

Lorsqu'elle y pensa de cette manière, en toute lucidité et vérité, sa honte et son remords revinrent, plus violemment encore. Elle défit le bouton de sa manche gauche et ôta de son poignet un ruban d'un bleu passé. Elle le laissa tomber sur le plancher du wagon.

Axel Lindwall jeta sa cigarette dans l'âtre vide quand il entendit approcher le cabriolet. Il prit le sac de voyage des mains de sa femme, l'aida à descendre et paya le cocher.

« Axel, dit-elle sur un ton d'affection enjouée lorsqu'ils furent dans la maison, pourquoi fumes-tu toujours quand je ne suis pas là ? »

Il la regarda. Il ne savait pas quoi faire ou dire. Il ne voulait pas lui poser de questions, de crainte que cela ne l'oblige à lui mentir. Ou à lui dire la vérité. Il redoutait tout autant l'un que l'autre. Le silence se prolongeait. Eh bien, pensa-t-il, nous ne pouvons pas vivre ensemble en silence jusqu'à la fin de nos jours. Alors, finalement, il répondit : « Parce que j'aime fumer. »

Elle rit un peu. Ils se tenaient devant la cheminée sans feu. Il avait toujours le sac de voyage à la main — un sac qui contenait peut-être tous les secrets, toutes les vérités et tous les mensonges qu'il ne voulait pas entendre.

« Je suis revenue plus tôt que prévu.

— Oui.

— J'ai décidé de ne pas passer la nuit à
Falun.

— Oui.

— La ville sent le cuivre.

— Oui.

— Mais le toit de l'église Kristina-Kyrka
brille au soleil couchant...

— C'est ce qu'on m'a dit. »

Il lui était pénible de voir sa femme dans un
tel état. Il serait seulement humain de la laisser
raconter les mensonges, quels qu'ils fussent,
qu'elle avait préparés... Alors il se permit une
question.

« Et comment va...-t-il?

— Oh, très bien. » Elle ne prit conscience de
l'absurdité de ses paroles qu'après les avoir pro-
noncées. « C'est-à-dire, il est à l'hôpital. Il
semble aller très bien, mais je suppose que ça ne
peut pas être le cas...

— En général, les gens qui vont très bien
n'ont pas besoin d'aller à l'hôpital.

— Non. »

Il regretta son sarcasme. Un professeur avait
dit à sa classe une fois que le sarcasme était une
faiblesse morale. Pourquoi se souvenait-il de
cela maintenant?

« Et...? »

Il n'était pas venu à l'esprit de Barbro jusque-
là qu'il lui faudrait justifier sa visite à Falun;

rendre compte non de ses détails, mais de son motif. Elle avait imaginé, quand elle était partie, qu'à son retour tout serait changé, et qu'il serait seulement nécessaire d'expliquer ce changement, quel qu'il fût. Le silence se prolongeait de nouveau. Elle s'affola et dit :

« Il veut que tu aies son box. Devant l'église. C'est le numéro quatre.

— Je sais que c'est le numéro quatre. Maintenant va te coucher.

— Axel, dit-elle, je pensais dans le train que nous pouvons vieillir ensemble. Le plus tôt sera le mieux... Je pense que les choses doivent être plus faciles quand on est vieux. Tu crois que c'est possible ?

— Va te coucher. »

Une fois seul, il alluma une autre cigarette. Son mensonge était si absurde que cela pouvait même être vrai. Mais cela revenait au même. Si c'était un mensonge, alors la vérité était qu'elle était allée, plus ouvertement que jamais auparavant, voir son amant. Son ancien amant ? Si c'était la vérité, le cadeau de Bodén était un paiement sarcastique de l'amant moqueur au mari trompé. Le genre de cadeau que les amateurs de ragots adoraient et n'oubliaient jamais.

Le reste de sa vie allait commencer. Et elle serait changée, bien changée, par la conscience du fait que tant de choses dans cette vie jusque-là n'avaient pas été ce qu'il avait cru qu'elles étaient. Lui resterait-il un seul souvenir qui ne serait pas souillé par ce qui avait été confirmé ici ce soir ? Peut-être avait-elle raison, et devaient-ils essayer de vieillir ensemble, et compter, avec le temps, sur le durcissement du cœur.

« Comment ? » demanda l'infirmière. Celui-ci commençait à devenir incohérent. C'était souvent le cas vers la fin.

« Le supplément...

— Oui ?

— Le supplément est pour les coups de fusil.

— Les coups de fusil ?

— Pour entendre l'écho.

— Oui ? »

Il répéta la phrase avec difficulté : « Le supplément est... pour les coups de fusil... pour entendre l'écho.

— Je suis désolée, monsieur Bodén, je ne sais pas de quoi vous parlez.

— Alors j'espère que vous ne le saurez jamais. »

À l'enterrement d'Anders Bodén, son cercueil, fait de sapin blanc coupé et séché à moins d'une encablure du bourg, fut placé devant l'autel sculpté apporté d'Allemagne pendant la

guerre de Trente Ans. Le pasteur fit l'éloge du
directeur de la scierie en le comparant à un
grand arbre tombé sous la hache de Dieu. Ce
n'était pas la première fois que les fidèles entendaient cette métaphore. Devant l'église, le box
numéro quatre était vide en hommage au défunt.
Il n'avait laissé aucune disposition à ce sujet dans
son testament, et son fils était allé vivre à Stockholm. Après les consultations d'usage, le box fut
attribué au capitaine du vapeur, un homme
réputé pour sa valeur morale et civique.

LES CHOSES QUE TU SAIS

1

« Café, mesdames ? »

Elles levèrent toutes les deux les yeux vers le garçon, mais il avançait déjà la cafetière thermos vers la tasse de Merrill. Quand il eut fini de verser, il tourna son regard, non vers Janice, mais la tasse de Janice. Elle la couvrit avec sa main. Même après toutes ces années, elle ne comprenait pas pourquoi les Américains voulaient du café dès que le garçon arrivait. Ils buvaient du café chaud, puis du jus d'orange froid, puis encore du café. Ça n'avait aucun sens.

« Pas de café ? » lui demanda le garçon, comme si son geste pouvait être ambigu. Il portait un tablier vert, et ses cheveux étaient tellement brillantinés qu'on pouvoir voir chaque sillon laissé par le peigne.

« Je prendrai du thé. Plus tard.

— Orange Pekoe, Earl Grey, English Breakfast ?

— English Breakfast. Mais plus tard. »

Le garçon s'éloigna, comme offensé, et sans que son regard eût croisé le leur. Janice n'en était pas surprise, et encore moins froissée. Elles étaient deux dames âgées, et il était sans doute homosexuel. Il lui semblait que les serveurs américains l'étaient de plus en plus, ou du moins qu'ils l'étaient de plus en plus ouvertement. Peut-être l'avaient-ils toujours été. Après tout, cela devait être une bonne façon de rencontrer des hommes d'affaires esseulés. À supposer que les hommes d'affaires esseulés fussent eux-mêmes homosexuels, ce qui, elle le reconnaissait, n'était pas forcément le cas.

« Les œufs pochés ont l'air appétissants, dit Merrill en regardant le menu illustré.

— Oui, en effet », répondit Janice — mais cela ne voulait pas dire qu'elle allait en commander. Elle pensait que les œufs pochés étaient pour le déjeuner, pas pour le petit déjeuner. Il y avait beaucoup de choses sur ce menu qui ne convenaient pas non plus pour un petit déjeuner, à son avis : gaufres, crêpes maison, flétan arctique. Du poisson au petit déjeuner ? Ça lui avait toujours paru absurde. Bill avait aimé les harengs fumés, mais il ne lui était permis d'en manger que lorsqu'ils séjournaient dans un hôtel. Ils empestent la cuisine, lui disait-elle. Et ils vous donnent des renvois toute la journée. Ce qui était essentiellement (quoique pas uniquement) son problème à lui, mais quand même. Ç'avait été une petite cause de friction entre eux.

« Bill était friand de harengs fumés », dit-elle sur un ton d'affectueuse indulgence.

Merrill lui jeta un coup d'œil, en se demandant si quelque enchaînement logique dans la conversation lui avait échappé.

« Bien sûr, tu n'as jamais connu Bill, dit Janice comme si ç'avait été une indélicatesse de la part de Bill — pour laquelle elle s'excusait maintenant — d'être mort avant de pouvoir rencontrer Merrill.

— Ma chère, dit celle-ci, avec moi c'est Tom ceci, Tom cela, il faut m'arrêter sinon je n'en finis pas. »

Elles reportèrent leur attention sur le menu, maintenant que les conditions dans lesquelles ce petit déjeuner allait se dérouler avaient été plus ou moins décidées.

« On est allé voir *La Ligne rouge*, dit Janice. Ça nous a beaucoup plu. »

Merrill se demanda qui pouvait bien être cette autre personne. « Nous » aurait signifié « Bill et moi » autrefois. Mais maintenant ? Ou était-ce simplement une habitude ? Peut-être Janice, même après trois ans de veuvage, ne pouvait-elle se résoudre à revenir au « je ».

« Ça ne m'a pas plu, dit Merrill.

— Oh. » Janice jeta un coup d'œil oblique vers son menu, comme pour y chercher une réplique. « On a trouvé que c'était très bien filmé.

— Oui, dit Merrill. Mais j'ai trouvé ça, eh bien, ennuyeux.

— On n'a pas aimé *Little Voice*, dit Janice, conciliante.

— Oh, j'ai *adoré* ce film.

— À vrai dire, on y est seulement allé pour Michael Caine.

— Oh, j'ai *adoré* ce film.

— Tu crois qu'il a eu un Oscar ?

— Michael Caine ? Pour *Little Voice* ?

— Non, je veux dire, dans sa carrière.

— Dans sa carrière ? Je suppose. Depuis le temps...

— Depuis le temps, oui... Il doit être presque aussi vieux que nous maintenant.

— Tu crois ? » dit Merrill. À son avis, Janice parlait beaucoup trop de vieillesse, ou du moins de vieillissement. Ça devait être parce qu'elle était encore si européenne.

« Ou s'il ne l'est pas maintenant, il le sera bientôt », dit Janice. Elles réfléchirent un peu à ça, et rirent toutes les deux. Non que Merrill fût d'accord, blague à part. C'était la chose remarquable avec les vedettes de cinéma, elles parvenaient à ne pas vieillir aussi vite que les autres. Rien à voir avec la chirurgie esthétique non plus. Elles restaient d'une certaine façon à l'âge qu'elles avaient la première fois qu'on les voyait. Même quand elles commençaient à jouer des rôles de personnes plus mûres, on n'y croyait pas vraiment ; on les voyait toujours comme des personnes jeunes, mais qui jouent des rôles de vieux — et souvent d'une manière pas très convaincante.

Merrill aimait bien Janice, mais la trouvait toujours un peu négligée dans son apparence : elle s'obstinait à ne porter que des choses grises ou vert pâle ou beiges, et laissait ses cheveux grisonner, ce qui n'arrangeait rien. C'était si naturel que ça avait l'air factice... Même ce grand foulard, porté un peu théâtralement sur l'épaule, était gris-vert, sapristi ! Et ça n'allait sûrement pas avec un pantalon, en tout cas pas un pantalon comme celui-ci. Dommage. Elle avait dû être jolie autrefois. Pas une beauté, bien sûr. Mais jolie. Beaux yeux. Enfin, assez beaux, même si elle ne faisait rien pour les mettre en valeur.

« C'est terrible ce qui se passe dans les Balkans, dit Janice.

— Oui. » Merrill avait cessé depuis longtemps de lire ces pages-là dans le *Sun Times*.

« Il faut donner une leçon à Milosevic.

— Je ne sais pas quoi en penser.

— Les Serbes sont incorrigibles.

— Je ne sais pas quoi en penser, répéta Merrill.

— Ça me rappelle Munich. »

Cela sembla clore la discussion. Janice disait souvent « Ça me rappelle Munich » depuis quelque temps — même si ce qu'elle voulait dire en réalité, c'était qu'elle avait dû entendre, dans sa petite enfance, des adultes parler de Munich comme d'une trahison récente et honteuse. Mais elle jugeait inutile de l'expliquer; cela ne ferait qu'affaiblir l'autorité du propos.

« Je crois que je vais prendre le muesli et quelques toasts.

— C'est ce que tu prends toujours, fit remarquer Merrill, mais sans impatience, plutôt sur un ton d'indulgente constatation.

— Oui, mais j'aime penser que je pourrais prendre autre chose. » D'autant plus que chaque fois qu'elle prenait le muesli, elle devait se souvenir de cette molaire branlante.

« Eh bien, je pense que je vais prendre l'œuf poché.

— C'est ce que tu prends toujours », répondit Janice. Les œufs constipaient, les harengs fumés donnaient des renvois, on ne mangeait pas de gaufres au petit déjeuner.

« Tu peux faire signe au garçon? »

C'était du Merrill tout craché. Elle arrivait

toujours la première et choisissait le siège d'où l'on ne pouvait attirer l'attention du garçon sans attraper un torticolis. Ce qui forçait Janice à agiter la main plusieurs fois, en essayant de dissimuler son embarras, quand le garçon affichait d'autres priorités. C'était aussi pénible que d'essayer de héler un taxi. Ils ne vous remarquent plus de nos jours, pensa-t-elle.

2

Elles se retrouvaient là, dans la salle à manger de l'hôtel Harborview, parmi les hommes d'affaires pressés et les vacanciers nonchalants, le premier mardi de chaque mois. « Qu'il pleuve ou qu'il vente, disaient-elles, quoi qu'il arrive... » En réalité, c'était plutôt : sauf en cas d'opération de la hanche de Janice, ou de voyage imprudent de Merrill au Mexique avec sa fille. Mais à part ça, elles étaient venues régulièrement à ce rendez-vous au cours des trois dernières années.

« Je suis prête pour mon thé maintenant, dit Janice.

— Orange Pekoe, Earl Grey, English Breakfast ?

— English Breakfast. » Elle dit cela sur un ton

d'impatience irritée qui obligea le garçon à lever les yeux de la table. Il se contenta, en fait d'excuse, d'un vague hochement de tête.

« Je reviens tout de suite, dit-il en s'éloignant déjà.

— Tu crois que c'est une lopette? » Pour quelque raison inconnue d'elle, Janice avait délibérément évité un mot plus moderne, mais l'effet n'en était peut-être que plus accentué.

« Je m'en fiche pas mal, répondit Merrill.

— Je m'en fiche bien aussi, dit Janice. Surtout à mon âge. En tout cas, ils font de très bons serveurs... » Cela ne semblait pas très pertinent non plus, alors elle ajouta : « C'est ce que disait Bill. » Bill n'avait jamais rien dit de tel, autant qu'elle s'en souvînt, mais sa corroboration posthume était utile quand elle se troublait.

Elle regarda Merrill, qui portait une veste bordeaux et une jupe pourpre. La broche dorée sur le revers de sa veste était assez volumineuse pour pouvoir être une petite sculpture. Ses cheveux, coupés court, étaient couleur paille, un jaune peu naturel, et semblaient ne pas se soucier d'être aussi peu convaincants; ils disaient simplement : c'est pour vous rappeler que j'ai été une blonde — une sorte de blonde, en tout cas. Davantage un aide-mémoire qu'une couleur de cheveux, pensait Janice. C'était le problème avec Merrill — elle ne semblait pas comprendre qu'après un certain âge, les femmes ne devraient plus feindre d'être ce qu'elles avaient été ; elles devraient accepter le verdict du temps. Neutralité, discrétion, dignité étaient de mise. Le refus de Merrill devait avoir quelque chose à voir avec le fait qu'elle était américaine.

Ce qu'elles avaient en commun toutes les deux, hormis leur veuvage, c'était de porter des souliers plats en daim à semelle spéciale antidérapante. Janice les avaient trouvés dans un catalogue de vente par correspondance, et Merrill l'avait surprise en en commandant une paire aussi. Ils étaient très efficaces sur les trottoirs humides, et ce n'était certes pas la pluie qui manquait ici, sur la côte nord-ouest du pays. Les gens lui disaient tout le temps que ça devait lui rappeler l'Angleterre, et elle répondait toujours oui, en pensant toujours non.

« Je veux dire, reprit-elle, il était plutôt contre leur admission dans l'armée, mais sinon il n'avait pas de préjugés à ce sujet. »

En guise de réponse, Merrill enfonça la pointe de son couteau dans son œuf. Puis elle marmonna : « Tout le monde était bien plus discret sur sa vie privée quand j'étais jeune.

— Moi aussi, dit très vite Janice. Je veux dire, quand je l'étais aussi. Ce qui devait être à peu près à la même époque. » Merrill lui jeta un coup d'œil, et Janice, devinant un reproche,

ajouta : « Quoique bien sûr dans une autre partie
du monde...

— Tom disait toujours qu'on peut les reconnaître à leur façon de marcher. Moi ça ne me
dérange pas. » Pourtant Merrill semblait bien un
peu gênée.

« Comment marchent-ils ? » En posant cette
question, Janice se sentit ramenée au temps de
l'adolescence, des années avant son mariage.

« Oh, tu sais bien », dit Merrill.

Janice la regarda manger une bouchée d'œuf
poché. Si c'était une allusion ou un indice, elle
ne voyait pas du tout ce que cela pouvait être.
Elle n'avait pas prêté attention à la démarche de
leur serveur. « Non, je ne sais pas », répondit-elle
en ayant le sentiment que son ignorance était
coupable, presque puérile.

« Avec les mains en dehors », voulut dire Merrill. Au lieu de cela, d'une façon inhabituelle,
elle se tourna à demi et cria : « Café ! », surprenant à la fois Janice et le garçon. Peut-être espé-
rait-elle une démonstration.

Quand elle se tourna de nouveau vers son
amie, elle s'était ressaisie. « Tom était en Corée,
dit-elle. Médaille militaire.

— Mon Bill a fait son service. Tout le monde
devait le faire à l'époque.

— Il faisait si froid que si on mettait son thé
dehors, il se transformait aussitôt en glace brune.

— Il a manqué Suez... Il était dans la réserve, mais ils ne l'ont pas appelé.

— Il faisait si froid qu'il fallait plonger son rasoir dans de l'eau chaude avant de pouvoir l'utiliser.

— Ça lui a bien plu. Il était très sociable, Bill.

— Il faisait si froid que si on posait sa paume sur le côté d'un char, la peau y restait collée.

— Sans doute plus sociable que moi, à vrai dire.

— Même l'essence gelait. L'essence !

— Il y a eu un hiver très froid en Angleterre, juste après la guerre. En 46, je crois. Ou peut-être 47. »

Merrill se sentit soudain agacée. Qu'est-ce que les souffrances de son Tom en Corée avaient à voir avec une vague de froid en Europe ? Vraiment ! « Comment est ton muesli ? demanda-t-elle.

— Dur sous la dent. J'ai cette molaire... » Janice prit une noisette dans son bol et la tapota contre le bord. « Ça ressemble un peu à une dent, non ? » Elle gloussa, d'une façon qui irrita encore plus Merrill. « Que penses-tu de ces implants ?

— Tom avait toutes ses dents quand il est mort.

— Bill aussi. » C'était loin d'être vrai, mais elle ne pouvait dire moins sans se montrer déloyale envers lui.

« Ils ne pouvaient pas enfoncer une pelle dans le sol pour enterrer leurs morts.

— Qui ça ? » Sous le regard sévère de Merrill, Janice comprit. « Oui, bien sûr... » Elle sentit un début d'affolement. « Eh bien, je suppose que ça n'avait pas grande importance dans un sens.

— Dans quel sens ?

— Oh, rien.

— Dans quel sens ? » Merrill aimait se dire et dire aux autres que si elle désapprouvait la discorde et les disputes, elle croyait à la franchise.

« Dans... eh bien, les... ceux qu'ils ne pouvaient pas enterrer tout de suite... s'il faisait aussi froid... tu vois ce que je veux dire. »

Merrill voyait, mais décida de rester inflexible. « Un vrai soldat enterre toujours ses morts. Tu devrais savoir ça.

— Oui », dit Janice, se rappelant *La Ligne rouge* mais préférant ne pas en reparler. Pourquoi Merrill choisissait-elle de se comporter comme la digne veuve de quelque prestigieux héros ? Janice savait que Tom avait été un simple appelé. Elle savait une ou deux autres choses sur lui, d'ailleurs. Ce qu'on disait sur le campus. Ce qu'elle avait vu de ses propres yeux. « Bien sûr, je n'ai jamais rencontré ton mari, mais tout le monde disait tellement de bien de lui...

— Tom était merveilleux, dit Merrill. Ç'a été un mariage d'amour.

— Il était très populaire, m'a-t-on dit.

— Populaire ? » Merrill répéta le mot comme s'il était singulièrement inadéquat en l'occurrence.

« C'est ce que les gens disaient.

— Il faut se tourner vers l'avenir, dit Merrill. Le regarder en face. C'est la seule solution. » Tom lui avait dit cela sur son lit de mort.

Oui, il vaut mieux se tourner vers l'avenir que vers le passé, pensa Janice. Ne se doute-t-elle vraiment de rien ? Janice se rappela ce qu'elle avait vu soudain d'une fenêtre de salle de bain, en bas derrière une haie — un homme au visage cramoisi ouvrant sa braguette, une femme tendant une main, l'homme lui appuyant sur la tête, la femme refusant, une dispute en pantomime au milieu des bruits de la fête, l'homme posant une main sur la nuque de la femme et poussant vers le bas, la femme crachant sur le truc de l'homme, celui-ci lui donnant une forte tape sur la tête, le tout en une vingtaine de secondes, une brève image de désir et de rage, le couple se séparant, le héros de guerre et merveilleux mari et célèbre peloteur de campus se reboutonnant — et puis la suite, quelqu'un secouant la poignée de la porte, elle Janice redescendant au rez-de-chaussée et demandant à Bill de la ramener tout de suite à la maison, Bill la taquinant au sujet de sa rougeur et disant qu'elle avait dû boire un ou deux verres de plus pendant qu'il regardait ailleurs, elle le rabrouant dans la voiture puis s'excusant. Au fil des années, elle s'était efforcée d'oublier cette scène, la repoussant au fin fond de sa mémoire, presque comme si elle avait un rapport avec Bill et elle-même d'une certaine manière... Et après la mort de Bill, après qu'elle eut rencontré Merrill, il y avait eu une autre raison pour essayer de l'oublier.

« Les gens disaient que je ne m'en remettrais jamais, reprit Merrill d'un air que Janice trouva monstrueusement autosatisfait. Et c'est la vérité. Je ne m'en remet*trai* jamais. C'était un mariage d'amour. »

Janice beurra un toast. Au moins ici ils ne les servaient pas déjà beurrés, comme dans d'autres endroits. C'était une autre habitude américaine à laquelle elle ne pouvait se faire. Elle essaya de dévisser le couvercle d'un petit pot de miel, mais sa main n'était pas assez forte. Alors elle essaya avec la gelée de mûres, sans plus de succès. Merrill semblait ne rien voir. Janice mit un morceau de toast sans miel ni gelée dans sa bouche.

« Bill n'a jamais regardé une autre femme en trente ans », dit-elle. Une bouffée d'agressivité était montée en elle comme un renvoi. Elle préférait approuver ce que disaient les autres, et elle essayait de faire plaisir, mais parfois la lassitude ou la contrariété lui faisaient dire des choses qui la surprenaient — moins la chose elle-même que le fait de la dire. Et quand elle vit que Merrill ne répondait pas, elle insista :

« Bill n'a jamais regardé une autre femme en trente ans.

— Je suis sûre que tu as raison, ma chère.

— Quand il est mort, j'ai été désespérée. Vraiment désespérée. J'ai eu le sentiment que ma vie était finie. Eh bien, c'est vrai... J'essaie de ne pas m'apitoyer sur moi-même, de me divertir, non je suppose que "distraire" est plus juste, mais je sais que c'est fini en réalité... J'ai eu ma vie, et maintenant je l'ai enterrée.

— Tom me disait que le simple fait de me voir dans une pièce le rendait heureux.

— Bill n'a jamais oublié un anniversaire de mariage. Pas un seul en trente ans.

— Tom faisait cette chose merveilleusement romantique. Nous partions pour le week-end, dans les montagnes, et il nous inscrivait sous un faux nom à l'hôtel. Nous étions Tom et Merrill Humphreys, ou Tom et Merrill Carpenter, ou Tom et Merrill Delivio, pendant tout le week-end, et il payait en espèces quand nous repartions. Ça rendait la chose... excitante.

— Bill a fait semblant d'oublier, une année. Pas de fleurs le matin, et il m'a dit qu'il travaillerait tard, alors il mangerait un morceau à son bureau. J'ai essayé de ne pas y penser, mais ça m'a un peu déprimée, et puis au milieu de l'après-midi la compagnie de taxis m'a appelée pour me dire qu'on allait venir me prendre à sept heures et demie pour me conduire à ce fameux restaurant français. Tu imagines ? Il avait même prévu qu'ils me préviennent quelques heures à l'avance... Et il avait réussi à emporter son meilleur costume au bureau sans que je m'en aperçoive pour pouvoir se changer là-bas. *Quelle* soirée. Ah !

— Je faisais toujours un effort avant d'aller à l'hôpital. Je me disais, Merrill, si malheureuse que tu te sentes, fais en sorte qu'il voie en toi quelqu'un pour qui il vaut la peine de vivre. J'achetais même de nouveaux vêtements. Il disait : "Chérie, je n'ai encore jamais vu ça, n'est-ce pas ?" et il me souriait. »

Janice hocha la tête, en imaginant la scène différemment : le peloteur de campus, sur son lit de mort, voyant sa femme dépenser de l'argent en vêtements pour plaire à quelque successeur... Aussitôt elle eut honte de cette pensée, et reprit bien vite : « Bill disait que s'il y avait un moyen de m'envoyer un message — après —, il en trouverait un. Il entrerait en contact avec moi d'une façon ou d'une autre.

— Les docteurs m'ont dit qu'ils n'avaient jamais vu quelqu'un résister aussi longtemps. Ils disaient, le courage de cet homme. Je disais, médaille militaire.

— Mais je suppose que même s'il essayait de m'envoyer un signe, je ne pourrais peut-être pas l'interpréter correctement... Je me console avec ça. Bien que l'idée qu'il puisse essayer d'entrer en contact et voir que je ne comprends pas soit insupportable. »

Elle va encore me parler de réincarnation et de toutes ces sornettes, pensa Merrill. M'expliquer qu'on revient tous sous la forme d'un écureuil ou d'un blaireau. Écoute, ma poule, non seulement ton mari est mort, mais quand il vivait il marchait avec les mains en dehors, tu vois ce que je veux dire ? Non, elle ne pigerait sans doute pas... Ton mari était connu à l'université comme « cette petite tapette anglaise du service administratif » — c'est plus clair ainsi ? Il était ce qu'on appelle ici en Amérique un *tea-bag* [1], d'accord ? Mais bien sûr elle ne le dirait jamais à Janice. Elle était bien trop délicate. Elle s'effondrerait complètement.

C'était étrange. Le fait de savoir cela donnait à Merrill un sentiment de supériorité, mais pas de pouvoir. Elle se disait, quelqu'un doit veiller sur elle maintenant que cette petite tapette de mari est mort, et il semble que tu te sois portée

---

1. Littéralement : « sachet de thé ».

volontaire pour ça, Merrill. Elle m'agace prodigieusement quelquefois, mais Tom aurait voulu qu'elle puisse compter sur toi.

« Encore un peu de café, mesdames ?

— Une autre tasse de thé, s'il vous plaît. »

Janice s'attendait à ce que le garçon lui propose encore un choix entre « Orange Pekoe, Earl Grey et English Breakfast », mais il se contenta d'emporter le pot minuscule, contenant à peine une tasse, que les Américains jugeaient mystérieusement suffisant pour le thé du matin.

« Comment va la hanche ? demanda Merrill.

— Oh, beaucoup mieux maintenant. Je suis si contente de m'être fait opérer. »

Quand le garçon revint, Janice regarda le pot et dit sèchement : « Je voulais une *autre* tasse de thé.

— Pardon ?

— J'ai dit que je voulais une autre tasse — je n'ai pas demandé davantage d'eau chaude.

— Pardon ?

— C'est le même vieux *sachet de thé* », dit-elle en montrant du doigt l'étiquette jaune qui pendait de la bordure du pot. Elle regarda le jeune homme hautain avec colère. Elle était vraiment fâchée.

Ensuite, elle se demanda pourquoi il avait eu l'air si vexé, et pourquoi Merrill avait été soudain prise de fou rire, avant de lever sa tasse de café en disant : « À ta santé, ma chère. »

Janice leva sa propre tasse presque vide et, avec un tintement sourd et bref, elles trinquèrent.

3

« C'est l'homme qu'il faut aller voir pour les genoux. Elle a pu se remettre à conduire en moins de deux jours.

— C'est rapide, dit Merrill.

— J'ai vu Steve l'autre jour.

— Et... ?

— Il ne va pas fort.

— C'est le cœur, hein ?

— Et il est beaucoup trop gros.

— Jamais très bon, ça.

— Tu crois qu'il y a un rapport entre le cœur et le cœur ? »

Merrill hocha la tête en souriant. Janice était une si drôle de petite chose... Vous ne saviez jamais de quel côté elle allait vous entraîner. « Là je ne te suis pas, Janice.

— Oh... tu crois qu'on peut avoir une crise cardiaque, par exemple, parce qu'on est amoureux ?

— Je ne sais pas. » Elle réfléchit un peu à la

question. « Mais je connais une autre cause possible d'arrêt cardiaque. » Janice eut l'air perplexe. « Nelson Rockefeller.

— Qu'est-ce qu'il a à voir avec ça ?

— C'est comme ça qu'il est mort.

— Comment, comme ça ?

— Ils ont dit qu'il avait travaillé tard à un livre d'art. Je n'ai jamais cru ça un seul instant... » Elle attendit que Janice montre des signes manifestes de compréhension.

« Les choses que tu sais, Merrill. » Et les choses que je sais aussi.

« Oui, les choses que je sais. »

Janice repoussa son couvert afin de faire de la place pour ses coudes. Un demi-bol de muesli et un toast. Deux tasses de thé. Les liquides lui passaient si vite à travers le corps maintenant... Elle regarda Merrill, son visage sévère et ses cheveux plats d'une couleur si peu convaincante. C'était une amie. Et parce que c'était une amie, Janice la protégerait de ce qu'elle savait sur cet affreux mari qu'elle avait eu. C'était aussi bien qu'elles ne se fussent rencontrées qu'une fois veuves. Bill aurait détesté Tom.

Oui, c'était une amie. Et pourtant... N'était-elle pas plutôt une alliée ? Comme ç'avait été, jadis, au début... Quand vous étiez enfant, vous croyiez que vous aviez des amis, mais en réalité vous n'aviez que des alliés — des gens qui vous soutenaient et vous aidaient jusqu'à ce que vous soyez grand. Et puis — dans son cas — ils s'étaient éloignés, et il y avait eu l'âge adulte, et Bill, et les enfants, et le départ des enfants, et la mort de Bill. Et ensuite ? Ensuite vous aviez de nouveau besoin d'alliés, de gens qui vous accompagnaient et vous soutenaient jusqu'à la fin. D'alliés qui se souvenaient de Munich, qui se souvenaient des vieux films, lesquels étaient encore les meilleurs, même si vous essayiez d'aimer les nouveaux. D'alliés qui vous aidaient à comprendre une feuille d'impôts et à ouvrir de petits pots de confiture. D'alliés qui se tracassaient tout autant que vous au sujet de l'argent, même si vous soupçonniez que certains d'entre eux en avaient plus qu'ils ne voulaient bien l'admettre.

« Sais-tu, demanda Merrill, que les frais d'inscription pour Stanhope ont doublé ?

— Non, c'est combien maintenant ?

— C'est passé de cinq cents à mille par an.

— Eh bien, l'endroit est certainement agréable. Mais les pièces sont très petites.

— Elles sont petites partout.

— Et il me faudra deux chambres. Je dois en avoir deux.

— Tout le monde a besoin de deux chambres.

— Les pièces de Norton sont plus grandes. Et c'est dans le centre-ville.

— Mais j'ai entendu dire que les autres gens sont ennuyeux.

— Moi aussi.

— Je n'aime pas Wallingford.

— Je n'aime pas Wallingford non plus.

— Alors ça devra sans doute être Stanhope.

— S'ils doublent les frais d'inscription comme ça, tu ne peux pas être sûre qu'ils ne doubleront pas les charges juste après que tu auras aménagé.

— Ils ont eu une bonne idée, là où est Steve. Ils vous demandent d'afficher une notice expliquant ce que vous pouvez faire pour aider les autres — par exemple, conduire quelqu'un à l'hôpital ou réparer une étagère ou remplir une feuille d'impôts.

— C'est une bonne idée.

— À condition que ça ne vous rende pas trop dépendant des autres.

— C'est une mauvaise idée.

— Je n'aime pas Wallingford.

— Je n'aime pas Wallingford. »

Elles se regardèrent, d'un air de parfaite entente.

« Garçon, voulez-vous diviser cette note ?

— Oh, nous pouvons la diviser nous-mêmes, Merrill.

— Mais j'avais l'œuf...

— Oh, sottises. » Janice lui tendit un billet de dix dollars. « Ça va aller ?

— Eh bien, c'est douze si on partage. »

Sacrée radine de Merrill. C'est bien d'elle. Avec tout l'argent que le peloteur de campus lui a laissé... Mille dollars par an rien que pour rester sur la liste d'attente, c'est de la petite monnaie pour elle. *Et* elle avait le jus de fruit en plus de l'œuf. Mais Janice se contenta d'ouvrir son sac à main, d'en sortir deux billets d'un dollar et de dire : « Oui, on partage. »

HYGIÈNE

« Voilà, paré, mon gars. » Sa sacoche était rangée entre les sièges, son imper plié à côté de lui. Billet de train, portefeuille, trousse de toilette, capotes, liste de commissions. Foutue liste de commissions. Il regarda droit devant lui tandis que le train s'ébranlait. Pas de ces simagrées sentimentales pour lui : la vitre baissée, le mouchoir agité, la larme à l'œil... Non que vous puissiez encore baisser la vitre ; assis dans une de ces voitures à bestiaux avec d'autres vieux couillons munis d'une carte de réduction, vous regardez à travers une vitre scellée. Et non que Pamela eût été là s'il avait regardé — elle devait sortir du parking et écraser les jantes des roues contre la bordure en béton, en essayant de rapprocher l'Astra de l'appareil à pièces. Elle se plaignait toujours de ce que les types qui concevaient ces barrières ne se rendaient pas compte que les femmes ont les bras plus courts que les hommes. Il répliquait que ce n'était pas une raison pour se colleter avec

la bordure; si elle ne pouvait pas atteindre la
borne, eh bien elle n'avait qu'à descendre de voiture. En tout cas c'était là qu'elle devait être à
présent, à torturer un pneu ou deux — sa contri-
bution personnelle à la guerre des sexes. Et elle y
était déjà parce qu'elle ne voulait pas le voir ne
pas la regarder du train. Et il ne la regardait pas
du train parce qu'elle tenait toujours à ajouter
quelque chose à sa foutue liste de commissions
au dernier moment.

Fromage stilton de chez Paxton comme d'habitude. Assortiment de tissus, aiguilles, ferme-
tures Éclair et boutons comme d'hab. Anneaux
en caoutchouc pour bocaux à conserves comme
d'hab. Poudre Elizabeth Arden comme d'hab.
Bon — mais chaque année il y avait quelque
chose dont elle se souvenait à l'heure H moins
trente secondes, tout exprès semblait-il pour le
faire courir au diable pour rien... « Trouve un
autre verre pour remplacer celui qui est cassé »
— comprenez, celui que lui, Major Jacko Jack-
son, à la retraite, ou plutôt théoriquement
retraité mais, en l'occurrence, jugé en cour mar-
tiale par l'Intendance, avait délibérément et
méchamment brisé après y être allé un peu fort
sur la gnôle. Inutile de lui faire remarquer que
c'était le genre de verre qui avait disparu des
rayons avant même qu'ils l'eussent acheté
d'occasion. Cette année, c'était : « Va dans le

grand John Lewis d'Oxford Street et vois s'ils vendent le bol de l'essoreuse à salade qui a subi un coup fatal quand quelqu'un l'a laissé tomber, parce que l'intérieur marche encore bien et ils vendent peut-être le bol séparément. » Et là sur le parking elle avait voulu lui donner le mécanisme de l'appareil pour qu'il n'achète pas un bol trop grand ou trop petit, elle avait presque essayé de le fourrer de force dans sa petite sacoche. Aaargh.

Mais elle faisait du bon café, il lui avait toujours accordé ça. Il posa la bouteille thermos sur la tablette et ouvrit le petit paquet. Biscuits au chocolat. Chocos de Jacko. Il y pensait encore en ces termes. Était-ce bien ou mal ? Est-on aussi jeune qu'on se sent l'être, ou aussi vieux qu'on le paraît ? C'était la grande question à présent, lui semblait-il. Peut-être la seule. Il se versa un peu de café et mâchonna un biscuit. Le doux paysage anglais gris-vert familier le calma, puis le ragaillardit. Moutons, vaches, arbres artistement coiffés par le vent. Un canal paresseux. Mettez ce canal aux arrêts, sergent-major. Oui mon commandant. *YesSAAH*.

Il était plutôt satisfait de la carte postale envoyée cette année. Une épée de cérémonie dans son fourreau. Subtil, cela, pensait-il. Il y avait eu un temps où il envoyait des cartes représentant des canons et des champs de bataille célèbres de la guerre civile anglaise. Mais bon, il était plus jeune alors. *Dear Babs*, Dîner le 17 courant. Retiens ton après-midi. À toi, Jacko. Simple et direct. Il ne s'était jamais donné la peine de mettre ça dans une enveloppe. Principes de Dissimulation, section 5b, paragraphe 12 : l'ennemi remarque rarement ce qui est placé juste sous son nez. Il ne se donnait même pas la peine d'aller à Shrewsbury. Il jetait la carte dans la boîte aux lettres du village.

Est-on aussi jeune qu'on se sent l'être, ou aussi vieux qu'on le paraît ? Le contrôleur ou chef de train, ou quel que fût le nom qu'on leur donnait maintenant, l'avait à peine regardé. Il avait vu un billet aller-retour de *senior* se rendant à Londres en milieu de semaine et l'avait jugé inoffensif et sans intérêt — un de ces radins qui apportent leur propre café pour économiser quelques shillings. Eh bien, c'était vrai. Sa pension ne leur permettait plus de vivre aussi aisément qu'elle l'avait fait au début. Il avait renoncé depuis longtemps à son adhésion au club. Hormis le dîner annuel du régiment, il n'avait besoin d'aller à Londres que s'il avait un problème avec ses ratiches et ne faisait pas confiance au toubib local pour arranger ça. Le mieux était encore de loger dans un *b-and-b* [1] près de la gare. Si vous preniez le petit déjeuner complet et manœuvriez assez habilement pour

---

1. *Bed and breakfast* : chambre d'hôte souvent bon marché, une véritable institution en Grande-Bretagne.

avoir une saucisse supplémentaire, vous étiez
paré pour la journée. Idem le vendredi et ça vous
menait jusqu'au moment de rentrer chez vous.
Retour à la base et reprise du service, essoreuse
à salade et tout le reste présents et corrects,
Ma'am.

Non, il ne voulait pas penser déjà à ça. C'était
son congé annuel. Ses deux jours de permission.
Il s'était fait couper les cheveux comme d'hab,
avait fait nettoyer son blazer comme d'hab. Il
était un homme ordonné, avec des désirs et des
plaisirs ordonnés. Même si ces plaisirs n'étaient
plus aussi intenses qu'ils l'avaient été. Différents, disons. En vieillissant vous ne teniez
plus aussi bien l'alcool, vous ne pouviez plus
guère prendre une bonne cuite comme autrefois. Alors vous buviez moins, appréciiez mieux
la chose, et finissiez par être aussi schlass
qu'avant. Enfin, c'était le principe. Ça ne marchait pas toujours, bien sûr... Et même chose
avec Babs — comme il se souvenait de cette
première fois avec elle, il y avait déjà tant
d'années... Surprenant d'ailleurs qu'il s'en souvînt, vu l'état où il se trouvait. Et c'était un autre
truc, le fait d'être complètement schlass ne semblait faire aucune différence alors pour l'honorable membre... *Trois* fois. Espèce de vieux
cochon, Jacko. Une fois pour dire bonjour ; une
fois pour de bon ; et une dernière pour la route.

Eh bien, pour quelle autre raison vendaient-ils les capotes par paquets de trois ? Une provision d'une semaine pour certains, sans doute, mais quand on avait patienté aussi longtemps que lui...

Vrai, il ne pouvait plus prendre une bonne cuite comme avant. Et l'honorable membre n'était plus à la hauteur pour les trois coups d'affilée. Un seul était probablement bien suffisant si on avait sa carte senior de chemin de fer. Pas très prudent de trop fatiguer le palpitant. Et l'idée de Pamela devant affronter ce genre de chose... Non, il n'avait pas l'intention de trop fatiguer le palpitant. L'épée de cérémonie dans son fourreau, et juste une demi-bouteille de champagne à eux deux. Ils en buvaient une bouteille entière autrefois. Trois verres chacun, un pour chaque coup tiré. Maintenant, une demie seulement — quelque « offre spéciale » de ce magasin Thresher près de la gare —, et ils ne la finissaient souvent même pas. Babs était sujette aux brûlures d'estomac, et il ne voulait pas être trop pompette pour le dîner du régiment. Ils parlaient, surtout. Parfois ils dormaient.

Il ne reprochait rien à Pamela. Certaines femmes n'en avaient tout simplement plus envie après la ménopause. Juste une question de biologie, d'organes féminins ; la faute de personne. Vous créez un système, le système produit ce

qu'il est conçu pour produire — à savoir en
l'occurrence des rejetons, témoins Jennifer et
Mike — et puis cesse de fonctionner. Mère
Nature cesse de lubrifier les rouages. Pas étonnant, vu que Mère Nature est elle-même une
femme... Personne n'est à blâmer. Alors il ne
l'était pas non plus. Tout ce qu'il faisait, c'était
de s'assurer que *son* mécanisme était encore en
état de marche, que Père Nature lubrifiait
encore les rouages... Une question d'hygiène, en
fait.

Oui, c'était la vérité. Il était franc avec lui-
même à ce sujet. Pas de finasseries. Il ne pouvait
guère en discuter avec Pam, mais tant qu'on peut
se regarder sans honte dans la glace en se rasant...
Il se demanda si ces types qui étaient assis en face
de lui, deux ou trois ans plus tôt, pendant ce dîner
du régiment, pouvaient le faire. Cette façon
de parler... La plupart des anciennes règles en
vigueur au mess avaient disparu, bien sûr, ou on
n'en tenait aucun compte, et ces petits dindons
avaient été passablement éméchés dès le début
du repas et s'étaient mis à calomnier le beau sexe
avant qu'on eût servi le porto. Il les aurait volontiers mis aux arrêts lui-même. Le régiment accep-
tait un peu trop de petits malins depuis quelque
temps, à son avis. Alors il avait dû écouter ces
trois-là pérorer comme si la sagesse des siècles
sortait par leur bouche. « Ce qui compte dans le

mariage, c'est de savoir ce qu'on peut faire impunément », avait dit le meneur, et les autres avaient approuvé d'un signe de tête. Mais ce n'est pas ce qui lui était resté en travers du gosier. C'est quand le type avait expliqué qu'il avait renoué avec une ancienne petite amie qu'il avait connue avant de rencontrer sa femme — ou, plus exactement, qu'il s'en était vanté —, et qu'un des autres petits malins avait répondu : « Ça ne compte pas. "Adultère préexistant". Ça ne compte pas. » Jacko avait pris son temps pour réfléchir à ça, et il n'avait pas beaucoup aimé ce qu'il avait compris. Finasseries.

Avait-il été comme ça quand il avait rencontré Babs ? Non, il ne le pensait pas. Il n'essayait pas de se faire croire que les choses n'étaient pas ce qu'elles étaient. Il ne se disait pas : oh c'est parce que j'étais complètement schlass à ce moment-là, ni : oh c'est parce que Pam est comme elle est maintenant. Pas plus qu'il ne se disait : oh c'est parce que Babs est blonde et que j'ai toujours préféré les blondes, ce qui est bizarre parce que Pam est brune, à moins bien sûr que ce ne soit pas bizarre du tout... Babs était une gentille fille, elle était là, elle était blonde, et ils l'avaient fait trois fois ce jour-là. Ce n'était rien de plus que ça. Sauf qu'il s'était souvenu d'elle. Il s'était souvenu d'elle, et l'année suivante il était retourné la voir.

Il écarta ses doigts sur la tablette devant lui.

Un empan plus un pouce, c'était le diamètre de
l'essoreuse à salade. Bien sûr que ça ira, avait-il
dit : tu ne crois pas que ma main va rétrécir au
cours des vingt-quatre prochaines heures, si ?
Non, ne mets pas ce truc dans ma sacoche,
Pamela, je t'ai dit que je ne veux pas trimballer
ça en ville. Peut-être pourrait-il demander jusqu'à quelle heure le magasin John Lewis restait
ouvert le soir. Les appeler de la gare, se dit-il, et
y faire un saut ce soir plutôt que demain. Ça me
ferait gagner du temps, et demain matin je pourrais faire toutes mes autres courses. Méthode et
précision, Jacko.

Il n'était pas sûr que Babs s'était souvenue de
lui l'année suivante, cependant elle avait été
contente de le voir. Il avait apporté une bouteille
de champagne à tout hasard, et cela avait scellé
en quelque sorte leur accord tacite. Il était resté
tout l'après-midi, lui avait parlé de lui-même, et
ils l'avaient encore fait trois fois. Il avait dit qu'il
lui enverrait une carte postale quand il revien-
drait à Londres, et voilà comment ça avait
commencé. Et maintenant ça faisait — quoi ? —
vingt-deux, vingt-trois ans ? Il lui avait apporté
des fleurs pour fêter le dixième anniversaire de
leur rencontre, et une plante d'intérieur pour le
vingtième. Un poinsettia. Penser à elle lui donnait du courage, ces matins mornes et froids où
il sortait pour nourrir les poules et emplir un

seau de charbon. Elle était — quelle était cette
expression qu'il avait entendue? — son « ouverture sur le possible ». Elle avait essayé de mettre
un terme à leurs relations une fois — « Je prends
ma retraite », avait-elle plaisanté —, mais il
n'avait pas voulu en entendre parler. Il avait
insisté, lui avait presque fait une scène. Elle
avait cédé, et lui avait caressé la joue, et l'année
suivante quand il avait envoyé sa carte il avait eu
une trouille bleue, mais elle avait tenu parole.

Bien sûr ils avaient changé. Tout le monde
changeait. Pamela pour commencer : les enfants
partis, le jardin, cette affection nouvelle pour les
chiens, ces cheveux coupés aussi court que
la pelouse, cette manie de faire sans cesse le
ménage. Non qu'il vît la moindre différence
entre l'aspect qu'avait maintenant la maison et
celui qu'elle avait eu avant qu'elle ne commence
à faire sans cesse le ménage. Et elle ne voulait
plus aller nulle part, elle disait qu'elle en avait
fini avec les voyages. Il lui disait qu'ils avaient
du temps libre à présent; mais... oui et non : ils
avaient plus de temps et faisaient finalement
moins de choses qu'avant, voilà la vérité. Et ils
n'étaient pas oisifs non plus.

Il avait changé aussi. Par exemple, il se sur-
prenait à avoir peur quand il était perché en
haut d'une échelle pour nettoyer les gouttières.
Il l'avait fait pendant vingt-cinq ans, bon Dieu,

c'était la première de ses tâches chaque printemps, et avec un pavillon on n'est jamais très
loin du sol, mais il avait quand même peur. Pas
peur de tomber, ce n'était pas ça. Il verrouillait
toujours l'échelle double, il n'avait pas le ver-
tige, et il savait qu'en cas de chute il tomberait
probablement sur de l'herbe. C'était seulement
que, tandis qu'il se tenait là, le nez un peu au-
dessus de la gouttière qu'il grattait avec une
truelle pour en expulser la mousse et les feuilles
pourrissantes, les brindilles et les fragments de
nids, en regardant si des tuiles étaient cassées et
vérifiant que l'antenne de télévision se tenait
toujours au garde-à-vous — tandis qu'il se tenait
lui-même là, bien protégé avec ses bottes et ses
gants en caoutchouc, son coupe-vent et son
bonnet de laine, il sentait parfois venir les larmes
et il savait que ce n'était pas à cause du vent, et
alors il était comme paralysé, une main gantée
agrippée au plastique épais de la gouttière,
l'autre faisant mine de gratter dedans, et il avait
une trouille bleue. De tout le fichu bazar.

Il aimait penser que Babs ne changeait pas, et
de fait elle ne changeait pas dans son esprit,
dans son souvenir et son anticipation. Mais en
même temps il reconnaissait que ses cheveux
n'étaient plus aussi blonds qu'ils l'avaient été. Et
après qu'il l'avait persuadée de ne pas « prendre
sa retraite », elle avait changé aussi. Elle n'aimait

pas se déshabiller devant lui. Gardait sa chemise
de nuit. Se plaignait de brûlures d'estomac si
elle buvait un peu du champagne qu'il apportait. Une année il avait acheté le champagne le
plus cher, mais le résultat avait été le même. Elle
éteignait de plus en plus souvent la lumière, ne
faisait plus tout à fait l'effort qu'elle avait fait
pour l'exciter. Dormait quand il dormait; parfois avant.

Mais c'était encore à elle qu'il pensait quand
il nourrissait les poules, emplissait un seau de
charbon, fourrageait dans la gouttière en sentant
venir les larmes, des larmes qu'il étalait sur ses
pommettes avec le dos d'une main gantée de
caoutchouc. Elle était son lien avec le passé, un
passé où il pouvait vraiment prendre une bonne
cuite et tirer encore trois coups d'affilée. Elle
pouvait devenir un peu maternelle avec lui, mais
tout le monde avait besoin de ça aussi, pas vrai?
Choco, Jacko? Oui, il y avait un peu de ça. Mais
aussi — tu es un vrai homme, tu sais, Jacko? Il
n'y en a plus tant que ça, c'est une espèce en
voie de disparition, mais tu es l'un d'eux.

Ils étaient en vue d'Euston. Un jeune type
assis en face de lui sortit son foutu portable et
appuya sur les touches sonores. «Allô chérie...
oui, écoute, ce fichu train est bloqué quelque
part à côté de Birmingham. On ne nous dit rien.
Non, au moins une heure, je suppose, et puis je

dois traverser tout Londres... Oui... Oui, fais ça... Moi aussi... Bye. » Le menteur rangea son appareil et regarda autour de lui d'un air de défi à l'intention de tout indiscret qui avait osé écouter.

Alors récapituler l'ordre du jour. Gare, appeler John Lewis au sujet de l'essoreuse. Dîner dans un de ces petits restos près du *b-and-b* : indien, turc, peu importe. Dépense maximale huit livres. Pas plus de deux chopes au Marquis of Granby, je ne veux pas tenir le cantonnement éveillé avec trop de bruits de chasse d'eau au cours de la nuit. Petit déj, rab de saucisse si possible. Demi-bouteille de champagne chez Thresher. Courses pour l'Intendance, stilton comme d'hab, anneaux pour bocaux comme d'hab, poudre comme d'hab. Deux heures Babs. Deux à six. Rien que d'y penser... Cap'taine, dormez-vous là en bas? Honorable membre veuillez vous lever... L'épée de cérémonie dans son fourreau. Deux à six. Thé à un moment ou un autre. Thé et un biscuit. Drôle comme c'en était venu à faire partie de la tradition aussi. Et Babs savait si bien s'y prendre pour encourager un homme, lui donner le sentiment que juste pour un moment, même dans l'obscurité, même les yeux fermés, juste pour un moment, il était... ce qu'il voulait être.

« Voilà, paré, mon gars. À la maison, James, et n'épargnez pas les chevaux. » Sa sacoche était rangée entre les sièges, son imper plié à côté de lui. Billet, portefeuille, trousse de toilette, liste de commissions maintenant soigneusement cochée. Capotes ! Cette blague-là s'était retournée contre lui. Tout avait été une plaisanterie à ses dépens. Il regarda sur sa droite à travers la vitre scellée : un snack-bar trop éclairé, un convoi de bagages à l'arrêt, un porteur en sot uniforme. Pourquoi les conducteurs de train n'ont-ils jamais d'enfants ? Parce qu'ils partent toujours à temps. Ho ho. Les capotes avaient été sa blague annuelle parce qu'il n'en avait pas eu besoin. Depuis bien longtemps. Babs, lorsqu'elle l'avait assez connu pour lui faire confiance, avait dit que ce n'était pas la peine. Il lui avait demandé si elle ne craignait pas l'autre truc — tomber enceinte. Elle avait répondu : « Jacko, je pense qu'il n'y a plus rien à craindre de ce côté-là. »

Tout s'était très bien passé pour commencer. Train à l'heure, saut à travers la ville jusqu'au John Lewis, doigts écartés pour indiquer la taille de l'essoreuse à salade, taille reconnue, hélas pas de pièces vendues séparément, mais offre spéciale, probablement meilleur marché que quand Madame avait acheté la sienne. Débat intérieur — se débarrasser du mécanisme et prétendre qu'il avait réussi à dénicher un bol seul ? Décision prise de présenter l'article entier à son retour. Après tout, Vieux Maladroit pourrait encore laisser tomber l'engin en faisant la fête un soir. Mais avec sa chance, il casserait sans doute encore le bol et ils auraient des mécanismes d'essoreuse à salade pour le restant de leurs jours.

Retour près de la gare. Reconnu par le quidam étranger qui tenait le *b-and-b*. Coup de fil à la base pour confirmer arrivée. Très correct curry de poulet. Deux chopes, ni plus ni moins, au Marquis of Granby. Pas de pression excessive sur la vessie et la prostate — levé une seule fois comme d'hab au cours de la nuit pour aller aux feuillées. Dormi comme le loir proverbial. Obtenu par la flatterie une saucisse supplémentaire au petit déjeuner. Offre spéciale pour une demi-bouteille de champagne chez Thresher. Commissions effectuées sans accroc. Toilette, coup de peigne, brossage de dents. Présenté sujet pour inspection à deux heures tapantes.

Et c'était là que les offres spéciales avaient brusquement cessé. Il avait sonné à la porte en imaginant les boucles blondes et le peignoir rose familiers, et en entendant déjà son petit rire. Mais c'est une femme brune et très maquillée, entre deux âges, qui était venue ouvrir. La surprise l'avait rendu muet.

« Un cadeau pour moi ? » avait-elle dit, sans

doute juste pour rompre le silence, et elle avait
tendu un bras pour prendre la bouteille de champagne par le goulot. Au lieu de répondre, il
s'était cramponné à la bouteille, et chacun avait
tiré sottement de son côté, jusqu'à ce qu'il eût
bredouillé :

« Babs...

— Babs sera là dans un petit moment », avait-
elle dit en ouvrant plus grande la porte. Ça semblait étrange, mais il l'avait suivie dans le salon,
qui avait été redécoré depuis sa dernière visite.
Redécoré comme un boudoir de pute, avait-il
pensé.

« Je la mets au frigo ? » avait-elle demandé,
mais il n'avait pas lâché la bouteille.

« Vous venez de la campagne ? avait-elle demandé.

« Militaire ?

« Vous avez perdu votre langue ? »

Ils étaient restés assis en silence un quart
d'heure, jusqu'au moment où il avait entendu
une porte se fermer, puis une autre. La femme
brune se tenait maintenant devant lui avec une
grande blonde dont le soutien-gorge lui présen-
tait ses nichons comme une coupe de fruits.

« Babs, avait-il répété.

— Je suis Babs, avait répondu la blonde.

— Vous n'êtes pas Babs.

— Si vous le dites...

— Vous n'êtes pas Babs. »

Les deux femmes s'étaient regardées, et la blonde avait dit, d'un ton désinvolte et dur : « Écoute, pépé, je suis qui tu veux, d'accord ? »

Il s'était levé et avait regardé les deux grues. Il avait expliqué, lentement, comme il l'eût fait à la recrue la plus inexpérimentée et obtuse.

« Oh, avait dit l'une d'elles. Vous voulez parler de Nora.

— Nora ?

— Eh bien, on l'appelait Nora... Je suis désolée. Non, elle est... elle a passé il y a environ neuf mois. »

Il n'avait pas compris. Il avait cru qu'elles voulaient dire qu'elle était partie. Et de nouveau il avait mal compris. Il avait cru qu'elles voulaient dire qu'on l'avait tuée, qu'elle était morte dans un accident de voiture ou quelque chose comme ça.

« Elle n'était plus très jeune », avait finalement dit l'une d'elles, en guise d'explication. Il avait sans doute eu l'air furieux, parce qu'elle avait ajouté, plutôt nerveusement : « Pardon, je ne voulais pas vous froisser... »

Elles avaient débouché la bouteille de champagne. La brune n'avait pas apporté les bons verres. Babs et lui l'avaient toujours bu dans des verres droits. Le champagne était tiède.

« J'ai envoyé une carte postale, avait-il dit. Une épée de cérémonie.

— Oui », avaient-elles répondu, avec indifférence.

Ils avaient vidé leurs verres. La brune avait dit : « Eh bien, voulez-vous toujours ce pour quoi vous êtes venu ? »

Il n'avait pas vraiment réfléchi à la question ; il avait dû hocher la tête. La blonde avait dit : « Voulez-vous que je sois Babs ? »

Babs s'était appelée Nora ; c'est ce qui lui avait traversé l'esprit. Il s'était senti de nouveau furieux. « Je veux que vous soyez ce que vous êtes. » C'était un ordre.

Les deux femmes s'étaient encore regardées. La blonde avait dit, fermement mais d'une façon peu convaincante : « Je suis Debbie. »

Il aurait dû partir alors. Il aurait dû partir par respect pour Babs, par loyauté envers Babs.

De l'autre côté de la vitre scellée le paysage défilait, comme il le faisait chaque année, mais il n'y discernait aucune forme. Parfois il confondait la loyauté envers Babs avec la loyauté envers Pamela. Il prit la bouteille thermos dans sa sacoche. Il lui était arrivé — oh, seulement quelques fois, mais c'était arrivé — de confondre Babs avec Pamela en baisant la première. C'était comme s'il avait été chez lui ; comme si ça s'était passé à la maison.

Il était entré dans ce qui avait été la chambre de Babs. Redécorée elle aussi. Mais il avait moins remarqué ce qui était nouveau que ce qui manquait par rapport à avant. Elle lui avait demandé ce qu'il voulait. Il n'avait pas répondu. Elle avait pris quelques billets, et lui avait tendu une capote. Il était resté planté là, la capote à la main. Babs n'avait pas, Babs n'aurait pas...

« Tu veux que j'te la mette, pépé ? »

Il avait repoussé d'un coup sec la main de la fille et laissé tomber son pantalon, puis son caleçon. Il savait que c'était une erreur, mais cela semblait être la meilleure idée, la seule idée possible. C'était ce pour quoi il était venu, après tout. C'était ce qu'il avait payé, maintenant. L'honorable membre cachait momentanément ses talents, mais s'il lui faisait savoir ce qui était exigé de lui, s'il donnait ses ordres, alors... Il sentait que Debbie l'observait, un genou sur le lit.

Il avait enfilé tant bien que mal la capote huileuse, en espérant que cela déclencherait l'effet escompté. Il avait regardé Debbie, la coupe de fruits offerte, mais sans plus de résultat. Il avait regardé son sexe flasque, la capote ridée avec son réservoir destiné à rester vide. Il se rappelait cette sensation de latex lubrifié sur le bout de ses doigts. Il avait pensé, eh bien, voilà, mon gars.

Elle avait tiré une poignée de Kleenex de la boîte capitonnée qui était posée sur la table de chevet et les lui avait tendus. Il avait essuyé les larmes sur ses joues. Elle lui avait rendu un peu de son argent; juste un peu. Il s'était rhabillé à la hâte et était sorti dans la lumière aveuglante de l'après-midi. Il avait erré sans but dans les rues. Une horloge à affichage numérique au-dessus d'un magasin lui avait appris qu'il était 15 h 12. Il s'était rendu compte que la capote était toujours sur son zob.

Moutons. Vaches. Un arbre artistement coiffé par le vent. Un stupide foutu petit lotissement de pavillons plein de couillons stupides qui lui donnaient envie de hurler et de vomir et de tirer sur le cordon du signal d'alarme, ou ce qui tenait lieu de foutu cordon maintenant... Couillons stupides comme lui-même. Et il s'en retournait vers son propre petit pavillon stupide qu'il avait passé tant d'années à retaper et entretenir... Il dévissa le gobelet du thermos et se versa un peu de café. Deux jours dans la bouteille et complètement froid. Autrefois il le corsait avec le contenu d'une flasque. Maintenant il était seulement froid, froid et... vieux. Approprié, hein, Jacko?

Il allait devoir passer une autre couche de vernis à yacht sur la terrasse en bois devant les portes-fenêtres, à cause de ces nouvelles chaises de jardin qui l'éraflaient... Un peu de peinture ne ferait pas de mal au débarras... Il faudrait aussi faire aiguiser les lames de la tondeuse à gazon, mais on ne peut plus trouver personne pour faire ça, ils vous regardent et suggèrent que vous achetiez un de ces nouveaux modèles avec un bidule en plastique orange à la place d'une lame...

Babs s'appelait Nora. Il n'avait pas besoin de mettre une capote parce qu'elle savait qu'il n'allait pas ailleurs, et qu'elle avait passé l'âge de tomber enceinte. Elle ne sortait de sa « retraite » qu'une fois par an, pour lui — juste un peu d'affection pour toi, Jacko, c'est tout. Elle avait plaisanté une fois à propos de sa carte de bus, et c'est comme ça qu'il avait su qu'elle était plus âgée que lui ; plus âgée que Pam aussi. Une autre fois, à l'époque où ils buvaient encore une bouteille entière au cours de l'après-midi, elle avait proposé d'enlever ses dents du haut pour le sucer, et il avait ri mais jugé ça dégoûtant. Babs s'appelait Nora et Nora était morte.

Au dîner du régiment les types n'avaient remarqué aucune différence. Il avait été discipliné, il n'avait pas trop bu. « Je ne peux plus le faire comme avant, à vrai dire, les gars », avait-il dit, et quelqu'un avait ricané comme s'il y avait un sens caché dans ses paroles. Il était parti de bonne heure et avait bu un verre au Marquis of Granby. Non, juste un demi ce soir. Je ne peux plus boire comme avant, à vrai dire. Faut jamais désespérer, avait répondu le barman.

Il se méprisait pour cette façon qu'il avait eue
de faire semblant avec cette grue. Voulez-vous
toujours ce pour quoi vous êtes venu ? Oh oui, il
voulait toujours ce pour quoi il était venu, mais
ce n'était pas une chose dont elle pouvait avoir
la moindre idée. Babs et lui ne le faisaient plus
depuis... quoi, cinq, six ans ? Les deux ou trois
dernières fois, ils n'avaient même pas bu plus
de quelques gouttes de champagne. Il aimait
qu'elle mette cette chemise de nuit de mère de
famille au sujet de laquelle il la taquinait toujours, se couche près de lui, éteigne la lampe et
parle d'autrefois. Comment c'était alors : une
fois pour dire bonjour, une fois pour de bon, et
une dernière pour la route. Tu étais un lion dans
ce temps-là, Jacko. Tu me mettais sur le flanc.
Je devais me reposer le lendemain. Sans blague.
Oh si. Ça alors. Oh oui, Jacko, un vrai lion.

Ça l'avait ennuyée d'augmenter son tarif,
mais les loyers étaient les loyers, et c'étaient
l'espace et le temps qu'il payait, quel que fût ce
qu'il voulait ou ne voulait pas faire... C'était
l'avantage d'avoir sa carte senior de chemin de
fer, il pouvait économiser sur le prix du voyage
maintenant. Non qu'il y eût encore un maintenant... Il en avait fini avec Londres. On pouvait
acheter du stilton et des essoreuses à salade à
Shrewsbury, bon Dieu. Assister au dîner du
régiment consisterait de plus en plus à remar-

quer les absences plutôt que les présences. Quant à ses dents, le toubib local pourrait arranger ça.

Ses paquets étaient dans le compartiment à bagages au-dessus de sa tête. Sa liste de commissions était dûment cochée. Pam devait être en route pour la gare à présent ; peut-être entrait-elle déjà dans le parking réservé au stationnement de courte durée. Elle se garait toujours « capot d'abord » sur un emplacement de parking, Pamela. Elle n'aimait pas reculer, préférait garder ça pour plus tard ; ou, plus probablement, lui laisser ce soin. Il était différent. Préférait se garer en reculant. Ainsi vous étiez prêt pour un départ rapide. Juste une question d'entraînement, supposait-il — rester sur le *qui-vive* *. Pamela disait, quand donc avons-nous eu besoin de partir aussi vite ? De toute façon il y a généralement la queue pour sortir. Il répliquait, si on était les premiers à sortir il n'y aurait pas de queue. C.Q.F.D. Et ainsi de suite.

Il se promit qu'il ne regarderait pas les jantes pour voir si elle les avait brutalisées encore un peu plus. Il ne ferait aucun commentaire lorsqu'il baisserait la vitre et tendrait le bras vers l'appareil. Il ne dirait pas, regarde comme les roues sont loin de la bordure et j'y arrive quand même. Il demanderait seulement : « Comment vont les chiens ? Des nouvelles des enfants ?

Est-ce qu'ils ont livré cet engrais pour le jardin ? »

Pourtant il pleurait Babs et il se demandait si c'était ce que cela ferait de pleurer Pamela. Si les choses se passaient dans cet ordre-là, bien sûr.

Il avait fait tout ce qu'il avait à faire. Quand le train entra en gare, il regarda au-delà de la vitre scellée, espérant voir sa femme sur le quai.

RENOUVEAU

1

Saint-Pétersbourg

C'était une vieille pièce de théâtre qu'il avait écrite en France en 1849. Promptement interdite par la censure, sa publication n'avait été autorisée qu'en 1855. Elle avait été représentée pour la première fois dix-sept ans plus tard — cinq malheureux soirs à Moscou. Maintenant, trente ans après sa conception, *elle* avait télégraphié pour lui demander la permission d'en donner une version abrégée à Saint-Pétersbourg. Il avait accepté, tout en objectant doucement que cette invention juvénile avait été écrite pour la page, non pour la scène. Il avait ajouté que cette pièce était indigne de son grand talent d'actrice. C'était une galanterie caractéristique : il ne l'avait jamais vue jouer.

Comme dans la plupart de ses écrits, c'était d'amour qu'il était question dans cette pièce. Et comme dans sa vie, dans ses écrits non plus l'amour ne marchait pas. L'amour pouvait ou non susciter la bienveillance, satisfaire la vanité ou embellir le teint, mais il ne menait pas au bonheur ; il y avait toujours une inégalité de sentiment ou d'intention. Telle était la nature de l'amour. Bien sûr, cela « marchait » dans le sens que cela faisait éprouver les émotions les plus profondes de l'existence — le rendait aussi léger qu'une fleur de tilleul au printemps, ou le brisait comme un traître sur la roue ; cela incitait l'homme timide et courtois qu'il était à une relative hardiesse, une hardiesse plutôt théorique, tragicomiquement incapable d'action ; cela lui avait enseigné la folie de l'anticipation, la détresse de l'échec, la plainte du regret, et la sotte douceur du souvenir. Il connaissait bien l'amour. Il se connaissait bien aussi lui-même. Trente ans auparavant, c'est par la bouche de son personnage Rakitine qu'il avait exprimé ses conclusions au sujet de l'amour : « À mon avis, Alexei Nikolaevitch, tout amour, heureux ou malheureux, est un vrai désastre lorsqu'on s'y donne entièrement. » Ces idées avaient été supprimées par la censure.

Il avait supposé qu'elle jouerait le premier rôle féminin, Natalia Petrovna, la femme mariée qui

tombe amoureuse du précepteur de son fils. Au
lieu de cela elle avait choisi d'être la pupille de
Natalia, Verochka, qui, conformément à la tradition théâtrale, tombe aussi amoureuse du précepteur. La mise en scène commença ; il alla à
Saint-Pétersbourg ; elle lui rendit visite à l'Hôtel
de l'Europe où il logeait. Elle s'était attendue à
se sentir intimidée, mais elle fut charmée par
« l'élégant et aimable grand-père » qu'elle découvrit. Il la traita comme une enfant. Était-ce si
surprenant ? Elle avait vingt-cinq ans, il en avait
soixante.

Le 27 mars il assista à une représentation de
sa pièce. Bien qu'il eût pris soin de rester dans
les profondeurs de la loge du directeur, il fut
reconnu, et à la fin du deuxième acte le public
scanda son nom. Elle vint le chercher pour
l'emmener sur la scène ; il refusa, mais salua de
la loge en s'inclinant. Après l'acte suivant, il alla
dans sa loge d'actrice, où il prit ses mains dans
les siennes et l'examina à la lumière des lampes
à gaz. « Verochka, dit-il. Ai-je vraiment créé
cette Verochka ? Je ne lui ai guère prêté attention
quand j'écrivais cette pièce. Pour moi le personnage central était Natalia Petrovna. Mais vous
êtes Verochka, une Verochka vivante. »

2

Le voyage réel

Alors tomba-t-il amoureux de sa propre création? Verochka sur scène sous les feux de la rampe, Verochka hors de scène à la lumière des lampes à gaz, sa Verochka, d'autant plus aimée maintenant qu'il l'avait négligée dans son propre texte trente ans plus tôt? Si l'amour, comme d'aucuns l'affirment, est une affaire purement subjective, si son objet est finalement peu important parce que ce qu'aiment en réalité les amants, ce sont leurs propres émotions, que pourrait-il y avoir de plus approprié, pour un auteur dramatique, que de tomber amoureux de sa propre création? Qui a besoin de l'intrusion de la personne réelle, la vraie *elle* à la lumière du soleil, de la lampe, du cœur? Voici une photo de Verochka, vêtue comme une écolière : timide et séduisante, avec un regard ardent et une paume ouverte dénotant la confiance.

Mais si une telle confusion s'est produite, elle l'a encouragée. Des années plus tard, elle écrivit dans ses mémoires : « Je ne *jouais* pas Verochka, j'accomplissais un rite sacré... Je sentais très clairement que Verochka et moi étions la même

personne. » Nous devons donc être indulgents si
c'est cette « Verochka vivante » qui l'a d'abord
ému. Ce qui l'émut d'abord, elle, ce fut peut-être
quelqu'un qui n'existait plus depuis longtemps
— l'auteur de la pièce, celui qui l'avait écrite
trente ans auparavant. Et souvenons-nous aussi
qu'il savait que ce serait son dernier amour. Il
était un vieil homme à présent ; il était célébré où
qu'il allât comme une institution, le représentant
d'une ère révolue, quelqu'un dont l'œuvre était
accomplie. À l'étranger, on l'accablait d'hon-
neurs : toges, rubans... À soixante ans, il était
vieux par choix autant que par la force des choses. Un ou deux ans plus tôt, il avait écrit :
« Après l'âge de quarante ans, il n'y a qu'un mot
pour résumer le fond de l'existence : *Renoncement*. » Maintenant, il était moitié plus âgé que
cela. Il avait soixante ans, elle en avait vingt-cinq.

Dans ses lettres, il lui baisait les mains, il lui
baisait les pieds. Pour son anniversaire, il lui
envoya un bracelet en or avec leurs deux prénoms
gravés à l'intérieur. « J'ai maintenant le sentiment, écrivit-il, que je vous aime sincèrement,
que vous êtes devenue pour moi quelque chose
dont je ne serai jamais séparé. » Les mots sont con-
ventionnels. Étaient-ils amants ? Il semble que
non. Pour lui, c'était un amour fondé sur le
renoncement, dont les plus vives émotions
étaient des regrets — des « si seulement » et des
« ce qui aurait pu être ».

Mais tout amour a besoin d'un voyage. Tout
amour est symboliquement un voyage, et ce
voyage doit se concrétiser. *Leur* voyage eut lieu le
28 mai 1880. Il séjournait alors dans sa propriété
à la campagne ; il la pressait de venir lui rendre
visite. Elle ne le pouvait pas : elle était une actrice,
en tournée ; même elle devait renoncer à certaines choses. Mais elle irait de Saint-Pétersbourg à Odessa ; son itinéraire la ferait passer par
Mtsensk et Orel. Il consulta l'horaire pour elle.
Trois trains quittaient Moscou pour Koursk
— celui de 12 h 30, de 4 h 00 et de 8 h 30 :
l'express, le train postal et le train omnibus. Arri-
vées respectives à Mtsensk : 22 h 00 le même
jour, 4 h 30 et 9 h 45 le lendemain. L'aspect pra-
tique de l'idylle devait être pris en considération.
La bien-aimée devait-elle arriver avec la poste, ou
fatiguée et les yeux rouges après un trop long
voyage ? Il l'incita vivement à prendre l'express de
12 h 30, en précisant l'heure d'arrivée : 21 h 55.

Il y a quelque chose d'ironique dans cette précision, car il manquait lui-même notoirement de
ponctualité. Il lui était arrivé de porter ostensiblement une douzaine de montres sur lui ;
même ainsi, il était toujours très en retard à ses
rendez-vous. Mais ce jour de mai, tremblant
comme un jouvenceau, il fut à l'heure pour
prendre l'express de 21 h 55 dans la petite gare
de Mtsensk. La nuit était tombée. Il monta dans

le train. Il y avait une cinquantaine de kilomètres entre Mtsensk et Orel.

Il fut donc avec elle dans son compartiment
durant ce trajet. Il la contempla, il lui baisa les
mains, il inhala l'air qu'elle exhalait. Il n'osa
pas l'embrasser sur les lèvres : renoncement. Ou
bien il essaya de le faire et elle détourna son
visage : embarras, humiliation. Banalité aussi, à
son âge. Ou bien il l'embrassa et elle lui rendit
son baiser avec la même ardeur : surprise, et brusque effroi. Nous n'en savons rien : son journal a
été brûlé plus tard, ses lettres à elle se sont per-
dues. Tout ce que nous avons, ce sont les lettres
qu'il lui a écrites ensuite, et dont la mesure de
fiabilité est qu'elles datent du mois de juin ce
voyage de mai. Nous savons qu'elle avait une
compagne de voyage, Raïssa Alexeïevna. Qu'a-
t-elle fait ? A-t-elle feint de dormir, ou d'être
soudain capable de voir le paysage enténébré, ou
s'est-elle réfugiée derrière un volume de Tolstoï ? Le train arriva à Orel. Il en descendit. Elle
agita son mouchoir à la fenêtre de son compartiment, tandis que l'express l'emportait vers
Odessa.

Non, même ce mouchoir est inventé. Mais
l'important est qu'ils avaient eu leur voyage.
Maintenant il pouvait se le remémorer, l'enjoli-
ver, en faire un regret bien réel : si seulement...
Il a continué à l'évoquer jusqu'à sa mort. Ce fut,

dans un sens, son dernier voyage, le dernier voyage du cœur. « Ma vie est derrière moi, écrivit-il, et cette heure passée dans ce compartiment de train, où je me sentais presque aussi jeune qu'un garçon de vingt ans, en fut la dernière flamme. »

Veut-il dire qu'il a presque eu une érection ? Notre époque sagace reproche à la précédente ses lieux communs et ses faux-fuyants, ses étincelles, ses flammes, ses feux, ses vagues brûlures. L'amour n'est pas un « feu », bon sang, c'est une bite dure et une chatte humide, grommelons-nous à l'intention de ces rêveurs trop enclins à la pâmoison et au renoncement. Pourquoi diable n'êtes-vous pas passés à l'acte ? Espèces de froussards et de coincés du bas ! Des baisers sur les *mains* ! Il est parfaitement évident que tu avais envie d'embrasser autre chose en réalité. Alors pourquoi pas ? Et dans un train en plus — tu n'aurais eu qu'à mettre ta langue en place et laisser le mouvement du train faire le travail pour toi. Clacketi-clac, clacketi-clac !

Vous a-t-on jamais baisé les mains ? Et si oui, comment savez-vous qu'il était doué pour ça ? (Et vous a-t-on jamais *écrit* qu'on vous baisait les mains ?) Voici l'argument pour le monde du renoncement. Si nous nous y connaissons davantage en consommation, ils s'y connaissaient davantage en désir. Si nous nous y connaissons davantage en nombres, ils s'y connaissaient davantage en désespoir. Si nous nous y connaissons davantage en fanfaronnades, ils s'y connaissaient davantage en souvenir. Ils avaient les baisers sur les pieds, nous avons le suçage d'orteils. Vous préférez toujours votre côté de l'équation? Vous avez sans doute raison... Alors essayez une formulation plus simple : si nous nous y connaissons davantage en sexe, ils s'y connaissaient davantage en amour.

À moins que nous nous trompions complètement, et prenions à tort les nuances du style courtois pour un manque de réalisme. Peut-être « baiser les pieds » a-t-il toujours signifié « sucer les orteils ». Il lui a aussi écrit : « Je baise vos petites mains, vos petits pieds, baise tout ce que vous me permettrez d'embrasser, et même le reste. » N'est-ce pas assez clair, pour la destinataire comme pour l'expéditeur? Et s'il en est ainsi, peut-être la réciproque est-elle vraie, et l'interprétation des sentiments était-elle tout aussi grossièrement pratiquée alors qu'elle l'est maintenant.

Mais si nous nous gaussons de ces distingués lourdauds d'une époque antérieure, nous devons nous préparer aux railleries d'un siècle ultérieur. Comment se fait-il que nous ne pensions jamais à ça? Nous croyons à l'évolution — cette évolution, du moins, qui aboutit à nous-mêmes —, mais nous oublions que cela implique aussi une évolution au-delà de nos personnes égocentriques. Ces vieux Russes étaient doués pour rêver de temps meilleurs, et nous nous flattons paresseusement d'avoir réalisé ces rêves.

Tandis que le train où elle se trouvait continuait vers Odessa, il passa la nuit dans un hôtel d'Orel. Une nuit contrastée, toute pleine du bonheur, teinté de regret, de penser à elle, et misérable parce que cela l'empêchait de dormir. La volupté du renoncement était maintenant en lui. « Je me surprends à murmurer : "Quelle nuit nous aurions dû passer ensemble !" » — à quoi notre siècle réaliste et irrité répond : « Prends un autre train alors ! Essaie de l'embrasser là où tu ne l'as pas fait, où que ça puisse être ! »

Mais un tel acte serait bien trop dangereux. Il doit préserver l'impossibilité de l'amour. Alors il lui offre un extravagant si-seulement. Il avoue que, alors que le train allait partir, il a soudain été tenté par la « folie » de l'enlever. Une folie à laquelle il a bien sûr renoncé : « Le signal du départ retentit, et *ciao*, comme disent les Italiens. » Mais imaginez les manchettes de journaux s'il avait mis son projet momentané à exécution. « SCANDALE À LA GARE D'OREL », imagine-t-il lui-même avec jubilation en lui écrivant ensuite. Si seulement... « Un événement extraordinaire s'est produit ici hier : Monsieur T—, l'écrivain, un homme âgé, accompagnait Mme S—, la célèbre actrice, qui se rendait à Odessa où l'attendait une brillante saison théâtrale, quand, au moment où le train allait partir, et comme possédé du démon en personne, il arracha Mme S— par la fenêtre de son compartiment et, malgré les efforts désespérés de l'artiste, etc., etc. » Si seulement. L'instant réel — le mouchoir peut-être agité à la fenêtre, la lumière du gaz tombant probablement sur les cheveux blancs d'un vieil homme — est récrit en farce et mélodrame, en jargon journalistique et « folie ». Le séduisant « si » ne renvoie pas à l'avenir ; mais bien, sans danger, au passé. Le signal du départ retentit, et *ciao*, comme disent les Italiens.

Il avait aussi une autre tactique : se projeter dans l'avenir afin de confirmer l'impossibilité de l'amour dans le présent. Déjà, et alors qu'il ne s'est « rien » passé, il considère avec un certain recul ce « quelque chose » qui aurait pu être : « Si nous nous rencontrons de nouveau dans deux ou trois ans, je serai un bien vieil homme. De votre côté, vous suivrez définitivement le cours normal de votre existence, et rien ne restera de notre passé... » Deux années, pense-t-il, suffiront à faire d'un vieil homme un « bien vieil

homme » ; tandis que le « cours normal de l'existence » l'attend déjà, elle, sous la forme d'un
officier de hussards qui fait cliqueter ses épe-
rons en coulisse et s'ébroue comme un cheval.
N. N. Vsevolozjski. Comme l'uniforme tapageur
était utile au civil enclin à une triste résigna-
tion...

Ne pensons plus ici à Verochka, la naïve et
malheureuse pupille de la pièce. L'actrice qui
l'incarnait était robuste, fantasque, bohème. Elle
était déjà mariée, et cherchait à divorcer pour
avoir son hussard ; elle s'est mariée trois fois en
tout. Ses lettres ne nous sont pas parvenues. Le
faisait-elle marcher ? Était-elle un peu amoureuse
de lui ? Était-elle, peut-être, plus qu'un peu
amoureuse de lui, mais consternée par cette tendance qu'il avait à toujours s'attendre à un échec,
par ses voluptueux renoncements ? Se sentait-
elle, peut-être, aussi prisonnière du passé de cet
homme qu'il s'en sentait lui-même captif ? Si
l'amour, pour lui, avait toujours été synonyme
d'échec, pourquoi en serait-il autrement avec
elle ? Si vous épousez un fétichiste du pied, vous
ne devez pas vous étonner de le trouver recroque-
villé dans votre placard à chaussures.

Quand il évoquait ce voyage dans les lettres
qu'il lui écrivait, il faisait des allusions sibyllines
au mot « verrou ». Était-ce celui du comparti-

ment, le verrou sur les lèvres et le cœur de S —?
Ou sur sa chair à lui? «Vous savez quel fut le
supplice de Tantale?» écrivit-il. Le supplice de
Tantale, ce fut d'être tourmenté dans les régions
infernales par une soif sans fin; il était dans
l'eau jusqu'au cou, mais chaque fois qu'il se
penchait pour boire, le niveau baissait. Devons-
nous en conclure qu'il avait essayé de l'embrasser, mais que chaque fois qu'il s'avançait, elle
détournait sa bouche humide?

D'un autre côté, un an plus tard, quand tout
est stabilisé et stylisé, il écrit ceci: «Vous dites,
à la fin de votre lettre: "Je vous embrasse affec-
tueusement." Voulez-vous dire — comme vous
le fîtes alors, cette nuit de juin, dans le compartiment? Vivrais-je jusqu'à cent ans que je
n'oublierais jamais ces baisers.» Mai est devenu
juin, le timide amoureux est devenu celui qui a
reçu une multitude de baisers, le verrou a été un
peu tiré. Où est la vérité? Nous aimerions maintenant que ce soit clair, mais ça l'est rarement;
que le cœur dérive vers le sexe, ou le sexe vers le
cœur.

3

Le voyage rêvé

Il voyagea. Elle voyagea. Mais ils ne voyagèrent plus jamais ensemble. Elle lui rendit visite dans sa propriété, nagea dans son étang — il l'appela « l'ondine de Saint-Pétersbourg » — et, lorsqu'elle s'en alla, il donna son nom à la chambre où elle avait dormi. Il lui baisa les mains, il lui baisa les pieds. Ils se rencontrèrent, ils correspondirent jusqu'à sa mort, après laquelle elle protégea sa mémoire de toute interprétation vulgaire. Mais ce trajet d'une cinquantaine de kilomètres fut le seul voyage qu'ils firent jamais ensemble.

Ils auraient pu voyager. Si seulement... si seulement.

Mais il était un expert en si-seulement, et donc ils voyagèrent. Ils voyagèrent au conditionnel passé.

Elle était sur le point de se marier pour la seconde fois. N. N. Vsevolozjski, officier de hussards, *cling, cling*. Lorsqu'elle lui demanda ce qu'il pensait de son choix, il éluda la question. « Il est trop tard pour me demander mon avis. *Le vin est tiré, il faut le boire* *. » Lui demandait-elle, d'artiste à artiste, son opinion sur le mariage conventionnel qu'elle allait faire en épousant un homme avec lequel elle avait peu de choses en commun ? Ou était-ce plus que cela ? Proposait-elle son propre « si seulement », en lui demandant d'approuver le rejet de son fiancé ?

Mais Grand-père, qui ne s'est jamais marié lui-même, refuse d'approuver ou d'applaudir. *Le vin est tiré, il faut le boire* *. A-t-il l'habitude de recourir à des maximes étrangères aux moments clefs de sa vie sentimentale ? Le français et l'italien lui fournissent-ils les suaves euphémismes qui l'aident à esquiver la difficulté ?

Bien sûr, encourager un renoncement tardif à ce second mariage serait céder trop de terrain à la réalité, au temps présent. Il tranche : buvez le vin. Une fois cette instruction donnée, les chimères peuvent reprendre. Dans sa lettre suivante, vingt jours plus tard, il écrit : « Pour ma part, je songe au bonheur que ce serait de voyager — rien que nous deux — pendant au moins un mois, et d'une telle manière que nul ne saurait qui nous sommes, ni où nous serions. »

C'est un rêve normal d'évasion. Seuls ensemble, incognito, du temps libre... C'est aussi, bien sûr, une lune de miel. Et où iraient des membres de la classe artistique raffinée pour leur lune de miel, sinon en Italie ? « Imaginez ce tableau, insiste-t-il. Venise (peut-être en octobre, le meilleur mois en Italie) ou Rome. Deux étrangers en vêtements de voyage — l'un grand et gauche, cheveux blancs, longues jambes, mais très heureux ; l'autre une dame svelte aux superbes yeux sombres et cheveux noirs. Supposons-la heureuse aussi. Ils se promènent dans la ville, à pied, en gondole. Ils visitent des musées, des églises et ainsi de suite, ils dînent en tête à tête, ils vont au théâtre ensemble — et puis ? Là, mon imagination s'arrête respectueusement. Est-ce pour taire quelque chose, ou parce qu'il n'y a rien à taire ? »

Son imagination s'arrêtait-elle respectueusement ? Pas la nôtre. Tout cela paraît assez évident à notre époque. Un gentleman décrépit dans une ville décrépite en pseudo-lune de miel avec une jeune actrice ; les gondoliers les ramènent à leur hôtel après un souper intime (bande sonore : clapotis et opérette), et il faudrait qu'on nous dise ce qui se passe ensuite ? Nous ne parlons pas de réalité, donc les défaillances de la chair vieillissante affaiblie par l'alcool ne sont pas un problème ici ; nous sommes, en toute sécurité, au temps conditionnel, enveloppés dans le plaid de voyage. Alors... si seulement... si seulement... alors tu l'aurais baisée, hein ? Inutile de le nier.

Mais détailler ainsi la chimère d'une lune de miel à Venise avec une femme entre deux mariages a ses dangers. Bien sûr, vous avez de nouveau renoncé à elle, donc il est peu probable

qu'en excitant son imagination vous risquiez de
la trouver un matin devant votre porte, assise sur
une malle et s'éventant timidement avec son pas-
seport. Non : le vrai danger est celui de la souffrance. Renoncer c'est éviter l'amour, et donc la
souffrance, mais même dans cette esquive il y
a des pièges. Il y a un risque de souffrance, par
exemple, dans la comparaison entre le *capriccio*
vénitien de votre imagination respectueuse et la
réalité imminente de ce moment où *elle* va être
irrespectueusement baisée, pendant sa vraie lune
de miel, par un officier de hussards, N. N. Vsevolozjski, qui connaît aussi peu l'Accademia que
les défaillances de la chair.

Qu'est-ce qui guérit la souffrance ? Le temps,
répondent les vieux sages. Mais on sait bien que
le temps ne guérit pas toujours la souffrance.
L'image conventionnelle des feux de l'amour,
de la flamme brûlante qui meurt tristement et
ne laisse que des cendres froides, a besoin d'être
rectifiée. Songez plutôt à un jet de gaz sifflant,
qui brûle, si vous voulez, mais qui fait aussi pis
que cela : il émet une lumière jaunâtre, courte et
implacable, le genre de lumière qui éclaire un
vieil homme sur un quai de gare provinciale tandis que le train s'ébranle, un valétudinaire qui
regarde une fenêtre jaune et une main agitée
s'effacer de sa vie, qui fait quelques pas vers
le convoi disparaissant dans l'obscurité, qui

regarde fixement la lampe rouge sur le wagon de
queue, la regarde jusqu'à ce qu'elle soit plus
minuscule qu'une planète de rubis dans le ciel
nocturne, puis se détourne et se trouve encore
sous une lampe à gaz, seul, sans rien d'autre à
faire que d'attendre l'aube dans un vieil hôtel,
en se persuadant qu'il a gagné tout en sachant
bien qu'il a perdu, et en emplissant son insom-
nie de confortables « si seulement » — avant de
retourner à la gare et de se tenir, seul une fois de
plus, sur le quai, dans une lumière plus bienveillante mais pour faire un voyage plus cruel,
le long de ces cinquante kilomètres qu'il a par-
courus avec elle la veille au soir. Le trajet de
Mtsensk à Orel, qu'il commémorera jusqu'à la
fin de ses jours, est toujours assombri par ce
retour, dont il n'est jamais fait mention, d'Orel à
Mtsensk.

Alors il offre un second voyage rêvé, de nouveau en Italie. Maintenant elle est remariée, un
changement de situation qui ne constitue pas un
sujet de discussion intéressant. Le vin est tiré...
Elle se rend en Italie, peut-être avec son mari,
mais on ne s'enquiert pas d'éventuels compagnons de voyage. Il approuve ce voyage, ne
serait-ce que parce qu'il lui permet de lui en
offrir un autre ; non une lune de miel rivale cette
fois, mais encore un voyage dans l'indolore
conditionnel passé. « J'ai passé dix jours merveil-

leux à Florence, il y a bien longtemps. » Cet usage du temps anesthésie la souffrance. C'était tant d'années auparavant qu'il n'avait « pas encore quarante ans » — avant donc que le fond de l'existence ne devienne le renoncement. « Florence m'a laissé l'impression la plus fascinante et poétique — bien que j'y fusse *seul*. Qu'eût-ce été si j'avais été en compagnie d'une femme compréhensive, bonne et belle — cela surtout ! »

C'est sans danger. Le rêve est contrôlable, son cadeau un faux souvenir. Quelques décennies plus tard, les chefs politiques de son pays se spécialiseront dans l'effacement des déchus de l'Histoire, en faisant disparaître leurs traces photographiques. Or le voici, lui, qui, penché sur son album de souvenirs, y insère méticuleusement l'image d'une compagne passée. Colle-la, cette photographie de la timide et séduisante Verochka, tandis que la lampe basse rajeunit tes cheveux blancs en les plongeant dans l'ombre noire.

4

À Iasnaïa Poliana

Peu après cette rencontre avec elle, il était allé passer quelques jours dans la propriété de Tols-

toï, qui l'avait emmené à la chasse. On l'avait mis
au meilleur affût, où les bécassines ne man-
quaient pas d'ordinaire. Mais ce jour-là, pour
lui, le ciel était resté vide. Parfois une détonation
lui parvenait de l'affût où était Tolstoï ; puis une
autre ; puis une autre. Toutes les bécassines
volaient vers le fusil de Tolstoï. Cela semblait caractéristique. Il n'avait touché lui-même qu'un
oiseau, que les chiens n'avaient pas réussi à trouver.

Tolstoï le jugeait velléitaire, irrésolu, pusilla-
nime, un homme frivole par excès de sociabilité
et un méprisable occidentaliste ; il l'aima, le
détesta, passa une semaine à Dijon avec lui, se
disputa avec lui, lui pardonna, l'admira, lui rendit
visite, le provoqua en duel, l'aima de nouveau, le
méprisa. Voici comment Tolstoï lui exprima sa
sympathie quand il apprit qu'il se mourait en
France : « La nouvelle de votre maladie m'a causé
beaucoup de chagrin, surtout lorsqu'on m'a
assuré que c'était grave. J'ai compris combien
vous m'étiez cher. J'ai senti que je serais fort
affligé si vous deviez mourir avant moi. »

Tolstoï méprisait alors le goût du renoncement. Plus tard, il se mit à vilipender les convoi-
tises de la chair et à idéaliser une simplicité
paysanne chrétienne. Il échoua avec une fréquence comique dans les tentatives qu'il fit pour parvenir à la chasteté. Était-il un imposteur, un faux

renonciateur, ou était-ce plutôt que l'aptitude lui
manquait, et que sa chair refusait le renoncement ? Trente ans plus tard, il mourut dans une
petite gare. Ses dernières paroles ne furent pas :
« Le signal du départ retentit, et *ciao*, comme
disent les Italiens. » Celui qui est parvenu au
renoncement envie-t-il celui qui n'y est pas parvenu ? Il y a des ex-fumeurs qui refusent la cigarette offerte mais disent : « Soufflez la fumée vers
moi. »

Elle voyageait ; elle travaillait ; elle était mariée.
Il lui demanda de lui envoyer un moulage en
plâtre de sa main. Il avait baisé tant de fois la
vraie main, baisé une version imaginée de la vraie
main dans presque toutes les lettres qu'il lui avait
écrites. Maintenant il pouvait poser ses lèvres sur
une version en plâtre. Le plâtre est-il plus proche
de la chair que l'air ? Ou cet objet constituait-il
à ses yeux une sorte de petit mémorial ? Il y a
une ironie dans sa requête : d'ordinaire c'est de
la main créatrice de l'écrivain qu'on fait un
moulage ; et d'ordinaire, à ce moment-là, il est
mort.

Il s'enfonça donc plus avant dans le vieil âge,
en sachant qu'elle était — avait déjà été — son
dernier amour. Et puisque la forme était son
métier, se remémora-t-il alors son premier amour ?
Il était un expert en la matière. Songea-t-il qu'un
premier amour détermine une vie entière ? Ou il

vous pousse à rechercher le même genre d'amour et fétichiser ses éléments, ou au contraire il tient lieu d'avertissement, de contre-exemple.

Il avait vécu son premier amour cinquante ans plus tôt. Il avait alors quatorze ans, elle — une certaine princesse Shakhovskaïa — vingt et quelques. Il l'adorait, elle le traitait comme un enfant. Cette attitude l'avait intrigué jusqu'au jour où il en avait découvert la raison : elle était déjà la maîtresse de son père.

Un an après qu'il eut chassé la bécassine avec Tolstoï, il retourna à Iasnaïa Poliana. C'était l'anniversaire de Sonia Tolstoï, et la maison était pleine d'invités. Il suggéra que chacun d'eux raconte le moment le plus heureux de sa vie. Quand vint son tour à son propre jeu, il déclara, d'un air exalté et avec son sourire mélancolique habituel : « Le moment le plus heureux de ma vie est, bien sûr, le moment de l'amour... C'est l'instant où votre regard croise celui de la femme aimée et où vous sentez qu'elle vous aime aussi. Cela m'est arrivé une fois, peut-être deux. » Tolstoï trouva cette réponse irritante.

Plus tard, quand les jeunes gens voulurent danser, il leur fit une démonstration de la danse à la mode à Paris. Il ôta sa veste, glissa ses pouces dans les emmanchures de son gilet et se mit à gambader en levant haut la jambe, la tête et les cheveux blancs agités en tous sens, tandis

que toute la maisonnée applaudissait et l'accla-
mait ; il souffla, gambada, souffla, gambada,
puis s'écroula dans un fauteuil. Ce fut un grand
succès. Tolstoï écrivit dans son journal : « Tour-
gueniev cancan. Triste. »

« Une fois, peut-être deux. » Était-elle le « peut-
être deux » ? Peut-être. Dans son avant-dernière
lettre, il lui baise les mains. Dans la dernière,
écrite avec difficulté au crayon, il n'offre pas de
baisers. Au lieu de cela il écrit : « Je ne change pas
dans mes affections — et je conserverai exactement le même sentiment pour vous jusqu'à la
fin. »

Cette fin vint six mois plus tard. Le moulage
de la main aimée se trouve maintenant au musée
du théâtre de Saint-Pétersbourg, la ville où il
avait baisé pour la première fois l'original.

VIGILANCE

Tout a commencé le jour où j'ai enfoncé mes doigts dans l'épaule de l'Allemand. Enfin, il était peut-être autrichien — c'était du Mozart qu'on jouait, après tout — et ça n'a pas vraiment commencé ce jour-là, mais des années plus tôt. Mais il vaut mieux donner une date précise, vous ne croyez pas?

Donc : un jeudi de novembre, Royal Festival Hall, 19 h 30, Mozart K 595 avec Andras Schiff au piano, suivi de la Quatrième de Chostakovitch. Je me souviens d'avoir pensé en partant de chez nous qu'il y avait dans cette symphonie quelques-uns des passages les plus bruyants qu'on puisse trouver dans toute l'histoire de la musique, et qu'on ne pouvait certainement rien entendre par-dessus *ça*. Mais c'est anticiper. 19 h 29 : la salle était pleine, le public normal. Les derniers arrivants venaient sans se presser d'un cocktail de sponsor en bas. Vous voyez le genre — Oh, c'est presque l'heure, mais finis-

sons ce verre, allons pisser un coup, puis mon-
tons tranquillement dans la salle et bousculons
une demi-douzaine de personnes en gagnant
notre place. Prends ton temps, vieux : le patron
aboule du fric, alors Maestro Haitink peut bien
attendre un peu plus dans le foyer des artistes.

Du moins l'Austro-Allemand — pour lui rendre cette justice — était-il arrivé à 19 h 23. Il
était assez petit, assez chauve et portait des lunettes, un col cassé et un nœud papillon rouge.
Pas précisément une tenue de soirée ; peut-être
quelque accoutrement caractéristique de l'endroit d'où il venait. Et je le trouvais d'autant
plus imbu de lui-même qu'il avait deux femmes
avec lui, une de chaque côté. Ils avaient dans les
trente-cinq ans tous les trois, j'imagine : assez
âgés pour savoir comment se comporter en ce
genre d'occasion. « On est bien placés », avait-il
déclaré quand ils avaient trouvé leurs places
devant moi. J 37, 38 et 39. La mienne était la
K 37. Je l'avais aussitôt pris en grippe. Il se van-
tait auprès des deux filles qui l'accompagnaient
d'avoir acheté les bons billets. Je suppose qu'il
les avait eus par une agence, et était soulagé de
ne pas être mal placé ; mais il ne le disait pas
comme ça. Et pourquoi lui laisser le bénéfice du
doute ?

Comme je disais, c'était un public normal.
Composé à quatre-vingts pour cent de patients

des hôpitaux de la ville en permission de sortie pour la soirée, avec une priorité pour les services pulmonaires et O.R.L. Réservez maintenant pour une meilleure place si vous avez une toux de plus de 95 décibels. Au moins les gens ne pètent pas pendant les concerts. Je n'ai jamais entendu quelqu'un péter, en tout cas, et vous ? Pourtant je suppose qu'ils le font. Ce qui est en partie ce que je veux dire : si on peut étouffer le bruit à un bout, pourquoi pas à l'autre ? On est à peu près autant averti de l'imminence de la chose dans les deux cas, d'après mon expérience. Mais les gens, dans l'ensemble, ne pètent pas bruyamment pendant un concerto de Mozart. Alors je suppose que quelques vestiges du vernis de civilisation qui nous empêche de sombrer complètement dans la barbarie tiennent encore.

Le premier *allegro* se passa assez bien : deux ou trois éternuements, un cas sérieux de glaire compacte, au milieu du balcon, qui nécessitait presque une intervention chirurgicale, une alarme de montre à quartz et pas mal de pages de programmes tournées. Je pense parfois qu'ils devraient mettre des conseils d'utilisation sur la première page des programmes. Par exemple : « Ceci est un programme. Il vous informe sur la musique jouée ici ce soir. Peut-être désirerez-vous y jeter un coup d'œil avant que le concert ne commence ; ainsi vous saurez ce qui va être joué.

Si vous le consultez trop tard, vous causerez une distraction visuelle et un bruissement gênant, vous serez inattentif à une partie de la musique et risquerez d'irriter vos voisins, en particulier l'homme assis à la place K 37. » Parfois un programme contient ce qui ressemble à une vague recommandation, au sujet des téléphones portables, ou de l'usage d'un mouchoir en cas de toux. Mais qui en tient compte ? C'est comme les fumeurs lisant l'avertissement sur les paquets de cigarettes. Ils n'y prêtent pas vraiment attention ; quelque part ils ne croient pas que ça les concerne. Ça doit être la même chose avec les tousseurs. Non que je veuille paraître trop compréhensif : c'est la voie du pardon. Et à propos de mouchoirs, voyez-vous souvent quelqu'un en sortir un pour étouffer une toux ? J'étais au fond du parterre une fois, T 21. *Concerto pour deux violons* de Bach. Mon voisin, T 20, se cabra soudain comme un cow-boy sur un mustang. Dans cette position, le ventre en avant, il fouilla frénétiquement dans ses poches pour trouver son mouchoir, et parvint à sortir en même temps un grand trousseau de clefs. Distrait par leur chute, il éternua à côté de son mouchoir. Merci beaucoup, T 20. Puis il passa la moitié du mouvement lent à reluquer anxieusement ses clefs. Finalement il résolut le problème en posant un pied dessus et leva de nouveau les yeux vers les solistes d'un air satisfait. De temps en temps, un petit bruit métallique sous sa semelle légèrement déplacée ajoutait quelques fioritures sonores à la partition de Bach.

L'*allegro* mozartien prit fin, et le maestro baissa lentement la tête, comme pour donner à chacun la permission d'utiliser le crachoir et de parler de ses achats de Noël. J 39 — la blonde viennoise, une classique tripoteuse de programmes et de cheveux — trouva un tas de choses à dire à M. Col-cassé son voisin. Il opinait du chef, sans doute à propos du prix des pull-overs ou quelque chose comme ça. Peut-être parlaient-ils de la délicatesse du doigté de Schiff, mais j'ai tendance à en douter. Haitink releva la tête pour indiquer qu'il était temps que les bavardages cessassent, leva sa baguette pour exiger la fin des toussotements et ajouta ce subtil mouvement de quelqu'un qui tend l'oreille, afin de montrer que, pour *sa* part en tout cas, il avait maintenant l'intention d'écouter très attentivement les premières mesures du pianiste. Le *larghetto*, comme vous le savez probablement, commence par le piano seul annonçant ce que ceux qui s'étaient donné la peine de lire le programme savaient être une « mélodie simple et tranquille ». C'est aussi un concerto dans lequel Mozart a décidé de se passer de trompettes, de clarinettes et de tambours : autrement dit, nous sommes invités à écouter encore plus attentivement le piano. Et donc, tandis que la tête de Haitink restait levée et légèrement tournée et que Schiff nous offrait les premières mesures tranquilles du *larghetto*, J 39 se rappela ce qu'elle n'avait pas fini de dire au sujet des pull-overs.

Je me suis penché en avant et j'ai enfoncé mes doigts tendus dans l'épaule de l'Allemand. Ou de l'Autrichien. Je n'ai rien contre les étrangers, à propos. Je reconnais que s'il avait été un malabar britannique nourri de hamburgers et arborant un tee-shirt de la Coupe du Monde, j'y aurais peut-être réfléchi à deux fois. Et avec l'Austro-Allemand j'y ai bel et bien réfléchi à deux fois. De cette façon : primo, tu viens écouter de la musique dans *mon* pays, alors ne te conduis pas comme si tu étais encore dans le tien ; et secundo, vu d'où tu viens probablement, c'est encore pire de se comporter ainsi avec Mozart. Alors j'ai enfoncé — fort — trois doigts joints, le pouce, l'index et le majeur, dans l'épaule de J 38. Il s'est retourné instinctivement, et je lui ai lancé un regard furieux, un doigt sur les lèvres. J 39 a cessé de jacasser. J 38 a eu, à ma vive satisfaction, l'air gêné de celui qui se sent coupable, et J 37 a paru un peu effrayée. K 37 — moi — a reporté son attention sur la musique, sans toutefois pouvoir se concentrer entièrement dessus. Je sentais la jubilation monter en moi comme un éternuement. Enfin je l'avais fait, après toutes ces années.

Quand je suis rentré à la maison, Andrew a essayé de refroidir mon enthousiasme au moyen de sa logique habituelle. Peut-être ma victime jugeait-elle convenable de se comporter comme elle le faisait parce que tout le monde autour d'elle en faisait autant ; ce n'était pas un manque de savoir-vivre, mais un effort pour se conformer aux usages — *wenn in London...* D'autre part, demanda Andrew, n'est-il pas vrai qu'une grande partie de la musique de ce temps-là a été composée pour des cours royales ou ducales, et que ces princes et les gens de leur entourage avaient coutume de flâner çà et là, de dîner ou souper, de jeter des os de poulet au harpiste et de flirter avec les femmes de leurs semblables tout en écoutant distraitement leur humble employé taper sur les touches de l'épinette ? Mais la musique n'était pas composée avec un tel comportement en tête, protestai-je. Qu'en sais-tu, répliqua Andrew : ces compositeurs n'ignoraient sûrement pas comment leur musique allait être écoutée, et soit écrivaient de la musique assez sonore pour couvrir le bruit des os de poulet jetés et des diverses éructations, soit, plus probablement, essayaient d'écrire des mélodies d'une si impressionnante beauté que même un baronnet provincial concupiscent cesserait un instant de tripoter la chair exposée de la femme de l'apothicaire ? N'était-ce pas la gageure — peut-être même la raison pour laquelle cette musique avait duré aussi longtemps et magnifiquement ? En outre et enfin, qui sait si cet inoffensif voisin au col cassé n'était pas un descendant de ce baronnet provincial, et se comportait simplement de la même manière : il avait donné son argent, et avait le droit d'écouter autant ou aussi peu qu'il le voulait.

« À Vienne, dis-je, il y a vingt ou trente ans, quand on allait à l'opéra, si on faisait entendre la moindre toux, un laquais en haut-de-chausses et perruque poudrée venait vous donner un bonbon pour la toux.

— Ça devait distraire encore plus les gens.

— Ça les incitait à ne pas recommencer.

— De toute façon, je ne comprends pas pourquoi tu vas encore aux concerts.

— Pour ma santé, docteur.

— Ça semble avoir l'effet inverse.

— Personne ne va m'empêcher d'aller aux concerts, dis-je. Personne.

— Nous ne parlons pas de ça, répondit-il en détournant les yeux.

— Je ne parlais pas de ça.

— Bon. »

Andrew pense que je devrais rester à la maison avec ma chaîne haute fidélité, ma collection de CD, et nos voisins tolérants qu'on entend très rarement se racler la gorge de l'autre côté du mur mitoyen. Pourquoi te donner la peine d'aller à ces concerts, demande-t-il, si ça ne fait que te mettre en rage ? Je me donne cette peine, lui dis-je, parce que lorsqu'on est dans une salle de concert, après avoir payé sa place et fait l'effort d'y aller, on écoute plus attentivement. Pas d'après ce que tu me dis, répond-il : tu sembles être distrait la plupart du temps par une chose ou une autre... Eh bien, je serais plus attentif si je n'étais pas distrait par ces choses. Et à quoi serais-tu plus attentif — question pure-ment théorique ? a-t-il demandé ce jour-là (vous voyez comme il peut être provocant). J'ai réflé-chi un peu à ça, puis j'ai répondu : aux passages les plus bruyants et les plus subtils, en fait. Les plus bruyants, parce que, si perfectionné que soit votre équipement, rien ne peut soutenir la comparaison avec la réalité d'une centaine de musiciens ou plus y allant à fond la caisse devant vous, emplissant tout l'espace de bruit. Et les plus subtils, ce qui est plus paradoxal, parce qu'on croirait que toute chaîne hi-fi peut les res-tituer suffisamment bien. Mais ce n'est pas vrai. Par exemple, ces premières mesures du *larghetto*, flottant vers vous sur une distance de vingt, trente, cinquante mètres ; bien que cette image ne soit pas exacte, parce qu'elle implique une

certaine durée, et quand la musique vient vers
vous, tout sentiment de temps est aboli, ainsi
que d'espace, et de lieu, d'ailleurs.

« Alors comment était la Quatrième de Chostakovitch ? Assez bruyante pour couvrir la toux
des salopards ?

— Eh bien, dis-je, c'est un point intéressant.
Tu sais comment ça commence, avec ces puis-
santes envolées sonores ? Ça m'a fait comprendre
ce que je voulais dire au sujet des passages
bruyants. Ils faisaient tous autant de bruit que
possible — cuivres, timbales, grosse caisse —, et
tu sais ce qui perçait tout ce vacarme ? Le xylo-
phone. Il y avait cette femme qui tapait dessus, et
le son nous parvenait aussi clairement qu'un tintement de cloche. Si on entendait ça dans un
enregistrement, on croirait que c'est le résultat
de quelque artifice technique — "accentuation"
ou quel que soit le nom que ça porte. Dans la
salle, on savait que c'était exactement ce que
Chostakovitch avait voulu.

— Alors tu as passé un bon moment ?

— Mais ça m'a fait aussi comprendre que c'est
la hauteur de son qui compte. Le piccolo produit
le même effet. Ce n'est pas seulement la toux ou
l'éternuement et leur volume, mais aussi la texture musicale avec laquelle ils rivalisent. Ce qui
signifie bien sûr qu'on ne peut se détendre même
dans les passages les plus bruyants...

— Bonbons pour la toux et perruque poudrée pour toi, dit Andrew. Sinon, tu sais, je crois que tu vas devenir complètement marteau.

— Et tu t'y connais », répondis-je.

Il savait ce que je voulais dire. Que je vous parle un peu d'Andrew : nous vivons ensemble depuis plus de vingt ans ; nous en avions moins de quarante quand nous nous sommes rencontrés. Il travaille dans le département « ameublement » du Victoria & Albert Museum. Il s'y rend chaque jour à bicyclette, d'un bout de Londres à l'autre, qu'il pleuve ou qu'il vente. Il fait deux choses en chemin : il écoute des enregistrements de livres sur son baladeur, et essaie de repérer des morceaux de bois à brûler. Je sais, ça n'a pas l'air très plausible, mais le plus souvent il parvient à emplir son panier, assez pour un feu le soir... Alors il pédale de ce lieu civilisé à un autre en écoutant la cassette 325 de *Daniel Deronda* [1], tout en restant attentif aux branches cassées qu'il peut trouver.

Mais ce n'est pas tout. Bien qu'il connaisse un tas de raccourcis où il est possible d'en dénicher, il passe encore trop de temps dans les embouteillages. Et vous savez comment sont les automobilistes : ils ne font attention qu'aux autres voitures. Aux bus et aux camions aussi, bien sûr ;

---

1. Dernier ouvrage de la romancière anglaise du XIXe siècle George Eliot.

aux motocyclistes parfois ; aux simples cyclistes,
jamais. Et ça rend Andrew furieux. Ils sont là,
assis sur leur cul, à déverser des gaz d'échappe-
ment dans l'air que vous respirez, un seul quidam par voiture, une bande d'égoïstes nocifs
pour l'environnement qui essaient continuelle-
ment de se rabattre dans un espace minuscule
sans regarder d'abord s'il y a un cycliste à proxi-
mité. Andrew les engueule — Andrew, mon ami
civilisé, compagnon et ex-amant, Andrew, qui a
passé la moitié de la journée penché sur quelque
exquise pièce de marqueterie avec un restau-
rateur, Andrew, les oreilles pleines de tournu-
res victoriennes très convenables, s'arrête pour
crier :

« Espèce de foutu connard ! »

Il crie aussi : « J'espère que t'attraperas un cancer ! »

Ou bien : « Jette-toi sous un foutu camion,
tête de nœud ! »

Je lui demande ce qu'il dit aux conductrices.

« Oh, je ne les traite pas de connasses,
répond-il. "Espèce de foutue garce !" semble généralement faire l'affaire. »

Et puis il se remet à pédaler, en cherchant
toujours du bois des yeux et en se tracassant au
sujet de Gwendolen Harleth... Avant il tapait du
poing sur le toit de la voiture quand un conduc-
teur le fichait en rogne, *bang bang bang* avec un

gant doublé de peau de mouton. Ça devait ressembler à un effet de tonnerre chez Strauss ou Henze. Il rabattait aussi d'un coup sec le rétroviseur extérieur contre la carrosserie ; ça irritait les salopards. Mais il ne le fait plus ; il y a environ un an, il a eu peur quand une Mondeo bleue l'a rattrapé et l'a fait tomber de son vélo pendant que le type qui la conduisait faisait diverses suggestions menaçantes. Maintenant il se contente de les traiter à tue-tête de foutus connards. Ils ne peuvent pas protester, parce que c'est ce qu'ils sont, et ils le savent.

J'ai commencé à emporter des bonbons pour la toux aux concerts. Je les distribuais comme des P.-V. aux contrevenants les plus proches, et aux tousseurs plus lointains pendant l'entracte. Ça n'a pas été une grande réussite, comme j'aurais pu le prévoir... Si vous donnez à quelqu'un un bonbon enveloppé au milieu d'un concert, vous devez supporter le bruit qu'il fait en retirant le papier. Et si vous lui en donnez un non enveloppé, il hésitera sûrement à se le mettre dans la bouche, n'est-ce pas ?

Certains ne se rendaient même pas compte qu'il s'agissait d'un reproche de ma part, ou de représailles. Ils pensaient vraiment que c'était un geste amical. Et puis un soir j'ai arrêté ce garçon près du bar, posé ma main sur son coude, mais pas assez fermement pour que le geste fût

dénué d'ambiguïté. Il s'est retourné — pull noir
à col roulé, veste en cuir, cheveux blonds en
épis, visage large et air vertueux. Suédois peut-
être, danois, ou finlandais. Il a regardé ce que je
lui tendais.

« Ma mère m'a toujours dit de ne jamais
accepter des bonbons offerts par un gentil monsieur, a-t-il dit en souriant.

— Vous toussiez, ai-je répondu sans parvenir
à paraître fâché.

— Merci. » Il a pris le bonbon par un bout du
papier et tiré doucement. « Voulez-vous boire
quelque chose ? »

Non, non, je ne voulais rien boire. Pourquoi ?
Pour la raison dont nous ne parlons pas. J'étais
sur cet escalier latéral qui descend du niveau
2 A. Andrew était allé aux toilettes, et j'ai causé
avec ce garçon... Je croyais que j'avais plus
de temps. Nous échangions nos numéros de
téléphone, quand j'ai tourné la tête et j'ai vu
qu'Andrew nous regardait. Je ne pouvais guère
prétendre que j'étais en train d'acheter une voiture d'occasion. Ou que c'était la première fois.
Ou que... rien du tout, en fait. On n'est pas
retournés à nos places pour la seconde partie
(Quatrième de Mahler), et au lieu de ça on a
passé une longue et pénible soirée. Et Andrew
n'est plus jamais allé à un concert avec moi. Il
n'a plus voulu partager mon lit non plus. Il

disait qu'il m'aimait (probablement) encore, vivrait (probablement) encore avec moi, mais ne voulait plus jamais me baiser... Et plus tard il a dit qu'il ne voulait même pas quelque chose d'intermédiaire, merci bien. Vous croiriez peut-être que cela m'aurait incité à répondre : « Oui, avec plaisir » à ce jeune Suédois ou Finlandais souriant à l'air vertueux. Mais vous auriez tort. Non, merci, non.

C'est difficile de savoir quelle attitude adopter, hein ? Et ça doit être la même chose pour les musiciens. S'ils font mine de ne pas entendre les couillons bronchitiques, ils risquent de donner l'impression qu'ils sont tellement absorbés dans leur musique que, eh bien, on peut tousser tant qu'on veut, ils ne le remarqueront pas. Mais s'ils tentent d'imposer leur autorité... J'ai vu Brendel se détourner du clavier au milieu d'une sonate de Beethoven et lancer un regard courroucé dans la direction approximative du coupable. Mais le couillon ne se rend sans doute même pas compte qu'il est réprimandé, tandis que nous nous demandons avec inquiétude si Brendel a été perturbé par l'incident ou non, et ainsi de suite.

J'ai décidé d'essayer une nouvelle tactique. Celle du bonbon pour la toux était comme un geste ambigu d'un cycliste à un automobiliste : oui, merci bien pour la queue-de-poisson, je

comptais freiner à mort et avoir une crise cardiaque de toute façon... Pas de ça. Peut-être
était-il temps de taper un peu sur leurs toits.

Sachez d'abord que physiquement je suis assez
robuste : vingt ans d'exercices au gymnase ne
m'ont pas fait de mal ; comparé à l'amateur de
concerts moyen, plutôt chétif, je pourrais être un
camionneur. De plus, je mettais un costume bleu
marine en tissu épais, genre serge, une chemise
blanche, une cravate bleu marine unie, et je portais au revers de mon veston un badge avec un
écusson. Je cherchais délibérément à produire
une certaine impression. Un malfaiteur pouvait
très bien me prendre pour un membre du personnel. Enfin, je suis passé du parterre à une des
galeries qui longent les côtés de la salle : de là on
peut voir le chef d'orchestre tout en surveillant le
parterre et la première moitié du balcon. Ce
membre du personnel ne distribuait pas de bonbons pour la toux. Il attendait l'entracte, puis
suivait le coupable — d'une façon aussi ostenta-
toire que possible — jusqu'au bar, ou jusqu'à une
de ces zones indifférenciées d'où l'on a une vue
panoramique sur les bords de la Tamise.

« Excusez-moi, monsieur, mais savez-vous quel
est le niveau sonore d'une toux non étouffée ? »

Ils me regardaient plutôt nerveusement, car je
prenais soin de parler d'une voix qui n'était pas
étouffée non plus.

« On l'estime à environ 85 décibels, conti-
nuais-je. À peu près comme une note de trom-
pette *fortissimo*. » J'ai vite appris à ne pas leur
laisser le temps d'expliquer comment ils avaient
attrapé ce vilain mal de gorge, et assurer qu'ils
feraient désormais attention, ou quoi que ce soit.
« Alors, merci, monsieur, nous vous serions
reconnaissants... » — et je m'éloignais, laissant
planer ce « nous » comme une confirmation de
mon statut quasi officiel.

Avec les femmes j'étais différent. Il y a, comme
le faisait remarquer Andrew, une distinction
nécessaire entre « Espèce de foutu connard » et
« Espèce de foutue garce ». Et il y avait souvent le
problème du compagnon ou du mari, en qui
pourraient s'éveiller des instincts datant du
temps où les grottes étaient ornées à main levée
de bisons rougeâtres. « Nous compatissons de
tout cœur au sujet de cette toux, madame,
disais-je d'une voix contenue et presque médicale, mais l'orchestre et le maestro trouvent cela
peu utile... » Ce qui était, quand elles y réfléchissaient, encore plus agressif — davantage le
rétroviseur rabattu d'un coup sec contre la carrosserie que le toit martelé du poing.

Mais je voulais aussi taper sur le toit. Je voulais
être agressif. Cela semblait juste. Alors j'ai mis
au point différentes formes d'agression. Par
exemple, je repère le coupable, le suis à l'entracte

(statistiquement il y a de fortes chances pour que ce soit un homme) jusqu'à l'endroit où il se tient avec son café ou son demi de bière, et lui demande, d'une manière que les psychothérapeutes qualifieraient de non conflictuelle : « Excusez-moi, mais aimez-vous la peinture ? Allez-vous dans les musées et les galeries d'art ? »

Cela produit généralement une réaction positive, même si elle est teintée de méfiance : n'ai-je pas une tablette à pince et un questionnaire cachés sous mon veston ? Alors je pose rapidement ma deuxième question : « Et que citeriez-vous comme étant vos tableaux préférés ? L'un d'eux, du moins. »

Les gens aiment qu'on leur demande ça, et j'ai la satisfaction de les entendre répondre *Le Chariot de foin* ou *La Vénus au miroir* ou les *Nymphéas* de Monet ou quoi que ce soit.

« Eh bien, imaginez ceci, dis-je, poli et enjoué. Vous vous tenez devant *La Vénus au miroir*, et je suis à côté de vous, et pendant que vous le regardez, ce tableau incroyablement célèbre que vous aimez plus que tout au monde, je me mets à cracher dessus — pas une seule fois, mais plusieurs, si bien que le tableau est bientôt constellé de crachats... Qu'en penseriez-vous ? » Je garde mon ton d'homme-raisonnable-pas-tout-à-fait-muni-d'une-tablette-à-pince.

Les réponses varient entre telle ou telle action

ou réflexion envisagées, entre « J'appellerais les gardiens » et « Je penserais que vous êtes cinglé ».

« Exactement, dis-je en me rapprochant un peu plus du type. Alors ne *toussez pas* (et là je leur enfonce parfois un index dans l'épaule ou le sternum, un peu plus fort que ce à quoi ils s'attendent), *ne toussez pas* sur des notes de Mozart. C'est comme de cracher sur *La Vénus au miroir*. »

La plupart d'entre eux ont alors l'air tout penaud, et quelques-uns ont la décence de réagir comme si on les avait surpris en train de piquer quelque chose dans un magasin. Parfois l'un d'eux dit : « Mais qui êtes-vous ? » À quoi je réponds : « Juste quelqu'un qui a payé sa place comme vous. » Notez que je ne prétends jamais être un membre du personnel. Puis j'ajoute : « Et je vous aurai à l'œil. »

Certains mentent. « C'est un rhume des foins », disent-ils, et je réplique : « Vous avez apporté le foin avec vous, n'est-ce pas ? » Un jeune type qui avait l'air d'un étudiant s'est excusé d'avoir toussé au mauvais moment : « Je croyais connaître ce morceau. Je croyais qu'il y avait là un brusque *crescendo*, pas un *diminuendo*. » Je l'ai foudroyé du regard, comme vous pouvez l'imaginer.

Mais je ne peux pas prétendre qu'ils sont tous accommodants, ou honteux. Les types en strict costume à fines rayures, les râleurs, les machos accompagnés de filles gloussantes peuvent se révéler peu commodes. Par exemple, je leur fais un de mes numéros et ils rétorquent : « Pour qui vous prenez-vous au juste? » ou « Oh, dégagez, voulez-vous? » — ce genre de chose, ils éludent le problème, et certains me regardent comme si c'était *moi* l'hurluberlu et me tournent le dos. Je n'aime pas ce genre de comportement, je trouve ça discourtois, alors je donne parfois un petit coup de coude au bras qui tient le verre, ce qui incite le type à se tourner de nouveau vers moi, et s'il est seul j'approche mon visage du sien et je lui dis : « Vous savez quoi, vous êtes un *foutu connard*, et je vous aurai à l'œil. » Ils n'apprécient généralement pas qu'on leur parle de cette façon. Bien sûr, s'il y a une femme je modère mon langage. Je demande : « Qu'est-ce que ça fait d'être — et là je marque une pause comme pour chercher la description exacte — un *crétin totalement égoïste?* »

L'un d'eux a appelé un vrai membre du personnel. J'ai deviné son intention, alors je suis allé m'asseoir avec un modeste verre d'eau, j'ai retiré discrètement mon badge héraldique et je suis devenu terriblement raisonnable. « Je suis si content qu'il vous ait amené... Je cherchais justement quelqu'un à qui demander... Quelle est au juste votre ligne de conduite à l'égard des tousseurs persistants et bruyants? Je suppose qu'à un moment donné vous faites le nécessaire pour les exclure... Si vous pouviez expliquer la procédure à suivre pour les réclamations, je suis sûr que beaucoup de gens dans le public ce soir appuieraient volontiers ma suggestion que vous refusiez toute future réservation à ce, euh, gentleman. »

Andrew continue d'imaginer des solutions pratiques. Il dit que je devrais plutôt aller au Wigmore Hall ; il dit que je devrais rester à la maison et écouter mes disques ; il dit que je passe tant de temps à jouer les vigiles qu'il n'est pas possible que j'arrive à me concentrer sur la musique. Je lui dis que je ne veux pas aller au Wigmore Hall : je réserve la musique de chambre pour plus tard. Je veux aller au Festival Hall, à l'Albert Hall et au Barbican, et personne ne va m'en empêcher. Il dit que je devrais m'asseoir là où sont les places les moins chères, parmi les gens ordinaires et les modestes habitués. Il dit que les gens qui achètent des places coûteuses sont comme ceux — en fait, sont probablement ceux-là mêmes — qui conduisent des BMW, des Range Rover et des grosses Volvo, bref des foutus connards, alors qu'est-ce que j'espère ?

Je lui ai dit que j'avais deux suggestions pour améliorer le comportement de ces gens. La première serait d'installer des projecteurs au-dessus

de leurs têtes, et si l'un d'eux faisait un bruit
excédant un certain nombre de décibels — spéci-
fié dans le programme, mais aussi imprimé sur
les billets afin que ceux qui n'achètent pas le programme aient connaissance du châtiment —, le
projecteur au-dessus de son siège s'allumerait et
il devrait rester ainsi, comme au pilori, pendant
tout le reste du concert. Ma seconde suggestion
serait plus discrète : chaque siège dans la salle
pourrait administrer à son occupant un petit
choc électrique, dont l'intensité varierait en fonc-
tion du volume sonore de sa toux, de son renifle-
ment ou éternuement. Cela tendrait — comme
l'ont montré les expériences de laboratoire sur
différentes espèces — à dissuader le coupable de
recommencer.

Andrew a répondu qu'en dehors de toute
considération légale, il prévoyait deux objections
principales à cette dernière proposition. La première était que si l'on administrait un choc électrique à un être humain, il ou elle pourrait bien
réagir en faisant davantage de bruit qu'il ou elle
n'en avait fait d'abord, ce qui serait quelque peu
contre-productif. Et deuxièmement, si désireux
qu'il fût de soutenir mon idée, il inclinait à penser
que l'effet concret d'une telle mesure serait de
rendre les amateurs de concerts moins disposés à
acheter des billets à l'avenir. Évidemment, si le
Philharmonic de Londres jouait devant une salle

vide, il comprenait bien que je n'aurais à craindre aucun bruit gênant. Alors oui, mon but serait atteint, mais sans d'autres fesses sur les sièges que les miennes, l'orchestre aurait sans doute besoin d'un niveau peu réaliste de sponsoring.

Andrew peut être si provocant, vous ne trouvez pas ? Je lui ai demandé s'il avait jamais essayé d'écouter la douce et triste musique de l'humanité pendant que quelqu'un se servait d'un téléphone portable.

« Je me demande sur quel instrument cette musique-là serait jouée, a-t-il répondu. Peut-être pas un instrument du tout... Toi, tu attacherais un millier d'amateurs de concerts sur leurs sièges et leur ferais tranquillement passer un courant électrique à travers le corps en leur disant de ne faire aucun bruit, sous peine de recevoir un plus grand choc encore. Tu entendrais des plaintes et des gémissements assourdis accompagnés de petits cris étouffés — et c'est ça la "douce et triste musique de l'humanité".

— Tu es tellement cynique, ai-je dit. En fait, ce n'est pas une si mauvaise idée...

— Quel âge as-tu ?

— Tu devrais le savoir. Tu as oublié mon dernier anniversaire.

— Ça prouve seulement mon grand âge. Allez, dis-le.

— Trois ans de plus que toi.

— Donc?

— Soixante-deux.

— Et, corrige-moi si je me trompe, mais tu n'as pas toujours été comme ça?

— Non, docteur.

— Quand tu étais un jeune homme, tu allais aux concerts et tu écoutais simplement la musique sans te soucier du reste?

— Autant que je m'en souvienne, docteur.

— Alors est-ce que ce sont les autres qui se conduisent plus mal, ou toi qui deviens plus irritable avec l'âge?

— Les gens se *conduisent* plus mal. C'est ce qui me rend plus irritable.

— Et quand as-tu remarqué ce changement dans le comportement des gens?

— Quand tu as cessé de venir avec moi.

— Nous ne parlons pas de ça.

— Je n'en parle pas. Tu as posé la question. C'est à ce moment-là qu'ils ont commencé à se conduire plus mal. Quand tu as cessé de venir avec moi. »

Andrew a réfléchi un peu à ça. « Ce qui me donne raison. Tu n'as commencé à le remarquer que lorsque tu as commencé à y aller seul. Donc ça vient de toi, pas d'eux.

— Alors viens de nouveau avec moi et ça cessera.

— Nous ne parlons pas de ça.

— Non, nous ne parlons pas de ça. »

Deux jours plus tard, j'ai fait tomber un type dans l'escalier. Il avait été particulièrement odieux — arrivant à la dernière minute avec une poule en minijupe, se vautrant sur son siège, les jambes écartées, et regardant autour de lui en tournant inutilement la tête à droite et à gauche, bavardant et bécotant la fille pendant les pauses entre les mouvements (le Concerto de Sibelius, en plus!), et bien sûr tripotant bruyamment le programme. Et puis, pendant le dernier mouvement, devinez ce qu'il a fait? Il s'est penché vers la fille en tendant un bras et s'est mis à lui tapoter en cadence, comme un violoniste jouant en doubles cordes, la face interne de la cuisse. Elle a fait mine de ne pas s'en apercevoir, puis elle lui a donné une tape affectueuse sur la main avec son programme, sur quoi il s'est carré de nouveau dans son fauteuil, avec un sourire satisfait sur sa stupide figure empreinte de suffisance.

À l'entracte, je suis allé tout droit vers eux. Il s'est montré, dirons-nous, peu coopératif. Il est reparti en me bousculant au passage, sans rien dire d'autre que : « Dégage, Charlie. » Alors je les ai suivis, jusqu'à cet escalier du niveau 2 A. Il était manifestement pressé. Il voulait sans doute se racler la gorge et cracher et tousser et éternuer et fumer et boire et entendre l'alarme de sa

montre à quartz lui rappeler d'utiliser son téléphone portable. Alors je lui ai fait un croche-
pied et il a dégringolé la tête la première sur une
dizaine de marches. C'était un homme cor-
pulent, et il semblait y avoir du sang. La fille qui
l'accompagnait, et qui n'avait pas été plus polie
et avait souri d'un air narquois quand il m'avait
dit « Dégage, Charlie », s'est mise à hurler. Oui,
ai-je pensé en m'éloignant, peut-être que ça
t'apprendra à traiter le *Concerto pour violon* de
Sibelius avec plus de respect à l'avenir.

Car il s'agit de respect, n'est-ce pas ? Et si
vous n'en avez pas, il faut qu'on vous l'enseigne.
La vraie question, la seule question, est de savoir
si nous devenons plus civilisés ou non. N'êtes-
vous pas d'accord ?

ÉCORCE

Pour la fête de Jean-Étienne Delacour, les plats suivants avaient été préparés selon les instructions de sa bru, Mme Amélie : bouillon, le bœuf qui y avait cuit, un lièvre grillé, ragoût de pigeon, légumes, fromage et gelées de fruits. Dans un esprit de sociabilité réticente, Delacour permit qu'un bol de bouillon fût placé devant lui ; il leva même solennellement une cuillerée en l'honneur de ce jour et souffla gracieusement dessus, avant de reposer sa cuillère sans avoir rien bu. Quand le bœuf fut apporté, il adressa un signe de tête à la servante, qui posa devant lui, sur deux assiettes, une seule poire et un morceau d'écorce d'arbre coupée une vingtaine de minutes auparavant. Aucun des convives — son fils Charles, sa bru, son petit-fils et son neveu, la femme de ce dernier, le curé, un fermier voisin et le vieil ami de Delacour, André Lagrange — ne fit la moindre remarque. Delacour pour sa part dîna courtoisement à la même allure qu'eux, mangeant un quart de la poire pendant qu'ils ingurgitaient leur bœuf, un autre quart pendant qu'ils en étaient au lièvre et ainsi de suite. Quand le fromage fut servi, il prit son couteau dans sa poche et coupa l'écorce en fines tranches, puis mâcha lentement chacune d'elles jusqu'à ce qu'il n'en reste plus rien. Plus tard, pour mieux dormir, il but une tasse de lait et mangea un peu de laitue cuite et une pomme reinette. Sa chambre était bien aérée, et son oreiller rembourré de crin de cheval. Il s'assura que les couvertures ne pesaient pas trop sur sa poitrine, et que ses pieds resteraient au chaud. En ajustant son bonnet de nuit en lin sur ses tempes, Jean-Étienne songea avec contentement à la folie de ceux qui l'entouraient.

Il avait maintenant soixante et un ans. Plus jeune, il avait été à la fois un joueur et un gourmand — une combinaison qui avait souvent menacé de plonger sa famille dans l'indigence. On était sûr de le trouver partout où des dés étaient jetés ou des cartes retournées, partout où deux animaux ou davantage pouvaient être incités à rivaliser de vitesse ou de force pour la satisfaction des spectateurs. Il avait gagné et perdu au pharaon et au hasard, au trictrac et aux dominos, à la roulette et au trente-et-quarante. Il jouait à pile ou face avec un bambin, pariait son cheval sur un combat de coqs, faisait une réussite à deux avec Mme V—, ou seul s'il ne pouvait trouver aucun adversaire ou partenaire.

On disait que c'était la gourmandise qui avait mis fin à sa passion pour le jeu. Assurément, il n'y avait pas assez de place en un tel homme pour que ces deux passions pussent s'exprimer pleinement. Le moment de crise était arrivé quand une oie qu'il avait nourrie lui-même et s'apprêtait à tuer, une oie qu'il avait savourée d'avance jusqu'au dernier abat, avait été perdue en un clin d'œil au piquet. Pendant quelque temps, il avait hésité entre ses deux tentations comme l'âne proverbial entre deux balles de foin ; mais plutôt que de mourir de faim comme l'animal indécis, il avait agi en vrai joueur, et laissé une pièce jetée en l'air en décider.

Après quoi son ventre et sa bourse avaient enflé tous les deux, tandis que ses nerfs se calmaient. Il faisait des repas dignes d'un cardinal, comme disent les Italiens. Il discourait sur le degré de comestibilité de chaque aliment, des câpres à la bécasse ; il pouvait expliquer comment l'échalote avait été introduite en France par les Croisés qui revenaient du Levant, et le fromage de Parme par monsieur le Prince de Talleyrand. Lorsqu'une perdrix lui était servie, il détachait les cuisses, goûtait à l'une puis à l'autre d'un air réfléchi, hochait la tête comme un juge qui va rendre un verdict impartial, et annonçait sur quelle patte la perdrix avait habituellement fait peser son corps en dormant. Il s'y connaissait aussi en vin. Si des raisins étaient servis au dessert, il les repoussait en disant : « Je n'ai pas coutume de consommer mon vin sous forme de pilules. »

Sa femme avait approuvé son choix, puisque la gourmandise est plus susceptible de retenir un homme à la maison que le jeu. Les années avaient passé, et sa silhouette avait ressemblé de plus en plus à celle de son mari. Ils avaient vécu comme des coqs en pâte jusqu'au jour où, en se requinquant au milieu de l'après-midi pendant une absence de son mari, Mme Delacour était morte étranglée par un os de poulet. Jean-Étienne s'était maudit d'avoir laissé sa femme seule ; il avait maudit sa propre gourmandise, cause indirecte de cette mort ; et il avait maudit le sort, le hasard ou quel que soit ce qui gouverne nos destinées, d'avoir fiché cet os de poulet à un angle aussi meurtrier dans la gorge de sa femme.

Quand son chagrin initial avait commencé à s'estomper, il avait accepté de loger chez Charles et Mme Amélie. Il s'était mis à étudier le droit, et on le trouvait souvent plongé dans la lecture des Neuf Codes du Royaume. Il connaissait le code rural par cœur, et se réconfortait avec ses certitudes : il pouvait citer les lois concernant l'essaimage des abeilles et la fabrication de l'engrais ; il connaissait les sanctions qu'on encourait si on faisait sonner des cloches d'église pendant une tempête ou vendait du lait qui avait été en contact avec des vaisseaux en cuivre ; il récitait mot à mot les décrets réglementant le comportement des nourrices, le pacage des chèvres en forêt et l'enterrement des animaux trouvés morts sur la voie publique.

Il avait continué pendant quelque temps à s'adonner à sa gourmandise, comme si agir autrement eût été trahir la mémoire de sa femme ; mais s'il en avait encore le goût, il n'en avait plus le cœur. Ce qui l'avait incité à renoncer définitivement à son ancienne passion, ç'avait été une décision prise par la municipalité durant l'automne 18 * * : pour des raisons d'hygiène et de convenance générale, un établissement de bains public devait être construit. Le fait qu'un homme qui avait salué l'invention d'un nouveau mets comme un astronome applaudirait la découverte d'une nouvelle étoile fût amené à la tempérance et la modération pour une question de savon et d'eau suscita des railleries chez certains, des propos moralisateurs chez d'autres. Mais Delacour ne s'était jamais soucié de l'opinion d'autrui.

La mort de sa femme l'avait laissé en possession d'un petit héritage. Mme Amélie suggéra que cela pourrait être à la fois une décision prudente et un geste civique de l'investir dans la construction des bains. La municipalité, afin d'attiser l'intérêt des administrés, avait conçu un plan fondé sur une idée italienne. La somme à réunir était divisée en quarante parts égales ; chacun des souscripteurs devait être âgé de plus de quarante ans. Les intérêts seraient payés au taux de deux et demi pour cent par an, et à la mort d'un investisseur, les intérêts correspondant à sa part seraient répartis entre les souscripteurs restants. Un calcul simple menait à une tentation tout aussi simple : le dernier investisseur survivant jouirait, du trente-neuvième décès jusqu'au sien, d'intérêts annuels égaux au montant de sa mise initiale. Le versement des intérêts prendrait fin après la mort du dernier souscripteur, quand le capital serait distribué aux héritiers désignés des quarante investisseurs.

Lorsque Mme Amélie parla de ce plan à son mari, il ne fut pas sûr que c'était une bonne idée. « Ne crois-tu pas, ma chère, que cela pourrait réveiller l'ancienne passion de mon père pour le jeu ?

— On ne peut guère appeler ça "jouer" quand il n'y a aucun risque de perdre...

— C'est ce que tous les joueurs prétendent toujours. »

Delacour approuva la suggestion de sa bru, et suivit attentivement les progrès de la souscription. Chaque fois qu'un investisseur se déclarait, il notait son nom dans un calepin, avec sa date de naissance et quelques remarques générales sur sa santé, son aspect physique et ses antécédents familiaux. Lorsqu'un propriétaire terrien qui avait quinze ans de plus que lui annonça sa participation, Jean-Étienne fut plus joyeux qu'il ne l'avait jamais été depuis la mort de sa femme. Au bout de quelques semaines la liste fut complète, sur quoi il écrivit aux trente-neuf autres souscripteurs afin de leur dire que puisqu'ils s'étaient tous, en quelque sorte, enrôlés dans le même régiment, ils pourraient décider de se distinguer par quelque marque vestimentaire, telle qu'un ruban au revers du manteau. Il proposa aussi qu'ils organisent un dîner annuel pour les souscripteurs — il avait failli écrire « survivants ».

Peu d'entre eux furent favorables à l'une ou l'autre de ces propositions, et certains ne répondirent même pas. Mais Delacour continua à considérer les autres souscripteurs comme des compagnons d'armes. Lorsqu'il en rencontrait un dans la rue il le saluait cordialement, s'enquérait de sa santé et échangeait avec lui quelques propos d'ordre général, par exemple au sujet du choléra. Avec son ami Lagrange, qui avait aussi souscrit, il passait de longues heures au Café

Anglais, à jouer les actuaires avec les vies des
trente-huit autres.

Les bains municipaux n'avaient pas encore
été inaugurés quand le premier investisseur
mourut. Jean-Étienne, au cours du souper avec
sa famille, proposa un toast au trop optimiste
et maintenant regretté septuagénaire. Plus tard,
il sortit son calepin et nota un nom et une date,
puis tira un long trait noir dessous.

Mme Amélie fit une remarque à son mari au
sujet de l'humeur enjouée de son beau-père, qui
lui semblait inappropriée.

« La mort en général est son amie, répondit
Charles. C'est seulement sa propre mort qui
doit être considérée comme son ennemie. »

Mme Amélie se demanda brièvement si c'était
une vérité philosophique ou un poncif creux. Elle
avait une nature aimable et ne se tracassait guère
au sujet des opinions réelles de son mari. Elle se
souciait davantage de la manière dont il les exprimait, qui ressemblait de plus en plus à celle de
son père.

Outre un grand certificat de souscription
gravé, les investisseurs reçurent le droit d'utiliser
les bains gratis « pendant toute la durée de
l'investissement ». On se doutait bien que peu
d'entre eux useraient de ce droit, puisque les
gens assez riches pour souscrire étaient certainement assez riches pour posséder une baignoire.

Mais Delacour prit l'habitude d'en user d'abord chaque semaine, puis quotidiennement. Certains estimèrent que c'était abuser de la bienveillance de la municipalité, mais Delacour n'en avait cure. Ses journées se déroulaient maintenant toutes de la même manière. Il se levait tôt, mangeait un seul fruit, buvait deux verres d'eau, et marchait pendant trois heures. Puis il allait aux bains publics, dont il connut bientôt très bien tous les employés ; en tant que souscripteur, il avait droit à une serviette réservée à son usage personnel. Ensuite il se rendait au Café Anglais, où il discutait des affaires du jour avec son ami Lagrange. Les affaires du jour, dans son esprit, se réduisaient généralement à deux : toute diminution prévisible du nombre de souscripteurs restants, et l'application trop relâchée de diverses lois par la municipalité. Ainsi elle avait, à son avis, insuffisamment fait connaître le barème des primes pour la destruction des loups : 25 francs pour une louve pleine, 18 pour une louve non pleine, 12 pour un loup, 6 pour un louveteau, sommes payables une semaine après vérification des faits.

Lagrange, dont la tournure d'esprit était plus contemplative que théorique, réfléchit à ce grief. « Et pourtant, commenta-t-il doucement, je ne sache pas que quelqu'un ait aperçu un loup au cours des dix-huit derniers mois...

— Raison de plus pour que la population soit incitée à la vigilance. »

Delacour critiqua ensuite le manque de rigueur et d'assiduité avec lequel on vérifiait si le vin était frelaté ou non. En vertu de l'article 38 de la loi du 19 juillet 1791, toujours applicable, une amende pouvant atteindre 1 000 francs et jusqu'à un an d'emprisonnement pouvaient être infligés à ceux qui ajoutaient de la litharge, de la colle de poisson, de l'extrait de bois des Indes, ou toute autre substance nocive, au vin qu'ils vendaient.

« Tu ne bois que de l'eau », fit remarquer Lagrange. Il leva son propre verre et regarda le vin qu'il contenait. « D'ailleurs, si notre hôte se rendait coupable de telles pratiques, cela pourrait réduire très opportunément la liste des souscripteurs...

— Je n'ai pas l'intention de gagner de cette façon-là. »

Lagrange fut troublé par la dureté du ton de son ami. « Gagner..., répéta-t-il. Tu ne peux gagner, si tu appelles ça gagner, que si je meurs avant toi.

— Cela je le regretterai », dit Delacour, manifestement incapable d'imaginer une autre issue.

Après le Café Anglais, il rentrait chez lui et lisait des ouvrages sur la physiologie et la diététique. Vingt minutes avant le souper, il se coupait un nouveau morceau d'écorce. Pendant que les

autres mangeaient ce qui risquait fort de raccour-
cir leur existence, il dissertait sur les menaces
générales pour la santé et les déplorables obstacles à l'immortalité humaine.

Ces obstacles réduisirent peu à peu la liste initiale des quarante souscripteurs. À chaque trépas
la bonne humeur de Delacour augmentait, ainsi
que la rigueur de son mode de vie. Exercice,
nourriture spartiate, sommeil ; régularité, tempérance, étude. Un ouvrage de physiologie suggérait, à mots couverts et en recourant soudain au
latin, qu'un signe fiable de santé chez un homme
était la fréquence de ses rapports sexuels. Une
abstinence totale et un excès dans ce domaine
étaient potentiellement néfastes, quoique pas
aussi néfastes que certaines pratiques associées à
l'abstinence. Mais une fréquence modérée — par
exemple, une fois par semaine — était jugée salu-
taire.

Delacour, convaincu de cette nécessité pra-
tique, s'excusa mentalement auprès de sa défunte
épouse et conclut un arrangement avec une jeune
employée des bains publics, à laquelle il rendit
visite une fois par semaine. Elle lui était recon-
naissante de l'argent qu'il lui laissait, et une fois
qu'il eut découragé les manifestations d'affection, il se prit à songer avec plaisir à leur rencontre
hebdomadaire. Il décida que lorsque le trente-
neuvième souscripteur mourrait, il donnerait

cent francs à cette fille, ou peut-être un peu moins, en reconnaissance de ses services bénéfiques.

D'autres investisseurs moururent ; Delacour inscrivait la date de leur décès dans son calepin et levait gaiement son verre à leur départ de ce monde. Un de ces soirs-là, Mme Amélie dit à son mari après qu'ils se furent retirés dans leur chambre : « Quelle raison de vivre est-ce, de survivre seulement aux autres ?

— Chacun de nous doit trouver sa propre raison, répondit Charles. C'est la sienne.

— Mais ne trouves-tu pas étrange que ce qui semble lui donner le plus de joie maintenant, c'est la mort de ses semblables ? Il ne prend aucun plaisir ordinaire à vivre. Ses journées sont réglées comme s'il se conformait au devoir le plus strict — mais devoir envers quoi, envers qui ?

— Cette souscription était ton idée, ma chère.

— Je n'ai pas prévu, quand j'ai fait cette suggestion, l'effet que cela pourrait avoir sur son caractère.

— Le caractère de mon père, répondit sévèrement Charles, n'a pas changé. C'est un vieil homme à présent, et un veuf. Naturellement ses plaisirs sont moindres et ses intérêts ne sont plus ce qu'ils étaient. Mais il applique la même vigueur d'esprit et la même logique à ce qui l'inté-

resse maintenant qu'il le faisait à ce qui l'intéressait avant. Son caractère n'a pas changé »,
répéta-t-il, comme si on accusait son père de sénilité.

André Lagrange, si on le lui avait demandé,
eût été d'accord avec Mme Amélie. L'homme
de plaisir qu'avait été Delacour était devenu un
ascète, le partisan de la tolérance était devenu
sévère avec les autres mortels.

Attablé au Café Anglais, Lagrange écoutait la
conclusion d'un discours sur l'insuffisante application des dix-huit articles réglementant la
culture du tabac. Puis il y eut un silence, et Delacour ajouta après avoir bu une gorgée d'eau :
« Tout homme devrait avoir trois vies. Ceci est
ma troisième. »

Célibat, mariage, veuvage, supposa Lagrange.
Ou peut-être passion du jeu, gourmandise,
la tontine... Mais Lagrange était contemplatif
depuis assez longtemps pour savoir que les
hommes sont souvent incités à énoncer des sentences universelles par quelque événement banal
dont ils exagèrent la portée.

« Et comment s'appelle-t-elle ? demanda-t-il.

— C'est étrange, dit Delacour, comme les
sentiments dominants peuvent changer avec le
temps. Quand j'étais jeune, je respectais les
prêtres, j'honorais ma famille, j'étais plein d'ambition. Quant aux passions du cœur, j'ai décou-

vert, lorsque j'ai rencontré la femme qui allait
devenir mon épouse, qu'un long prologue amoureux mène finalement, avec l'approbation de la
société, à ces délices charnels qui nous sont
si chers. Maintenant que je suis plus âgé, je suis
moins persuadé que le prêtre peut nous montrer la meilleure façon de trouver Dieu, ma
famille m'exaspère souvent, et je n'ai plus d'ambition.

— C'est parce que tu as acquis une certaine
richesse et une certaine philosophie.

— Non, c'est plutôt que je juge l'intelligence
et le caractère plus que le rang social. Le curé
est un compagnon agréable, mais un sot théolo-
gique ; mon fils est honnête, mais ennuyeux.
Note que je ne m'attribue aucun mérite pour ce
changement de perspective. C'est simplement
quelque chose qui m'est arrivé.

— Et les délices charnels ? »

Delacour soupira et hocha la tête. « Quand
j'étais jeune homme, pendant mes années de
service militaire, avant de rencontrer ma défunte
épouse, je me suis naturellement contenté du
genre de femmes qui se rendaient disponibles...
Rien dans ces expériences de ma jeunesse ne
m'a fait soupçonner que les délices charnels
pouvaient mener à des sentiments d'amour.
J'imaginais — non, j'étais sûr — que c'était toujours le contraire.

— Et comment s'appelle-t-elle?

— L'essaimage des abeilles, reprit Delacour. Comme tu le sais, la loi est claire sur ce point : dès lors que le propriétaire suit ses abeilles quand elles essaiment, il a le droit de les réclamer et de s'en ressaisir ; mais s'il ne les a pas suivies, le propriétaire du terrain où elles se posent en devient le possesseur légal. Ou prends le cas des lapins. Ceux qui passent d'une garenne à une autre deviennent la propriété de l'homme sur les terres duquel la seconde garenne est située, à moins que celui-ci ne les ait attirés là par fraude et artifice. C'est comme avec les pigeons et les colombes : s'ils volent vers un terrain communal, ils appartiennent à quiconque peut les tuer. S'ils volent vers un autre pigeonnier, ils appartiennent au propriétaire de ce pigeonnier, à condition qu'il ne les ait pas attirés là par fraude et artifice.

— Je ne te suis plus du tout. » Lagrange regardait son ami avec indulgence, habitué à ses longues digressions.

« Je veux dire que nous nous forgeons les certitudes que nous pouvons nous forger — mais qui peut prévoir quand la ruche essaimera ? Qui peut prévoir où la colombe volera, ou quand le lapin se lassera de sa garenne ?

— Et comment s'appelle-t-elle ?

— Jeanne. Elle travaille aux bains publics.

— Jeanne qui travaille aux bains publics ? »
Chacun savait que Lagrange était un homme
paisible. Or il se leva d'un bond, en renversant
sa chaise en arrière. Ce bruit rappela à Delacour
l'époque où il était soldat, les brusques défis et
les meubles cassés.

« Tu la connais ?

— Jeanne qui travaille aux bains publics ?
Oui. Et tu dois renoncer à elle. »

Delacour ne comprit pas. C'est-à-dire, il comprit les mots mais pas ce qui les motivait. « Qui
peut prévoir où la colombe volera ? » répéta-t-il,
satisfait de cette formulation.

Lagrange était penché sur lui, les poings sur la
table, presque tremblant, semblait-il. Delacour
n'avait jamais vu son ami aussi grave, ou aussi
furieux. « Au nom de notre amitié tu dois renoncer à elle, l'entendit-il répéter.

— Tu ne m'as pas écouté. » Delacour s'écarta
un peu du visage de son ami en s'appuyant au
dossier de sa chaise. « Au début, c'était simplement une question d'hygiène... J'exigeais surtout de la docilité de la part de cette fille. Je ne
voulais pas de caresses en retour — je les décou-
rageais. Je ne faisais guère attention à elle. Et
pourtant, malgré tout cela, j'en suis venu à
l'aimer. Qui peut prévoir...

— Je t'ai écouté et, au nom de notre amitié,
j'insiste. »

Delacour réfléchit à cette requête. Non, c'était une exigence, pas une requête. Il eut soudain l'impression d'être de nouveau à la table de jeu, face à un adversaire qui, sans raison apparente, venait d'augmenter considérablement son enchère ; dans ces moments-là, scrutant l'inexpressif éventail de cartes dans la main de son adversaire, il s'était toujours fié à son instinct, non au calcul.

« Non », répondit-il doucement, comme s'il posait un petit atout sur la table.

Lagrange s'en alla.

Delacour but une gorgée d'eau et passa calmement en revue les raisons possibles d'une telle attitude. Il les réduisit à deux : la réprobation ou la jalousie. Il exclut la première : Lagrange avait toujours été un observateur du comportement humain, pas un moraliste qui condamnait ses écarts. Alors ça devait être la jalousie. De la fille elle-même, ou de ce qu'elle représentait et prouvait : santé, longévité, victoire ? Décidément cette souscription avait un effet étrange sur les gens... Voilà qu'elle avait rendu Lagrange furieux, et il était parti comme un essaim d'abeilles. Eh bien lui, Delacour, n'allait pas le suivre. Qu'il se pose où il veut, pensa-t-il.

Il reprit sa routine quotidienne. Il ne parla à personne de la défection de Lagrange, et espéra chaque jour le voir réapparaître au café. Il regrettait leurs discussions, ou du moins la présence attentive de son ami; mais peu à peu il se résigna à cette perte. Il se mit à rendre plus fréquemment visite à Jeanne. Elle ne s'y opposa pas, et l'écouta comme avant parler de questions juridiques qu'elle comprenait rarement. Ayant été précédemment mise en garde contre des manifestations d'affection importunes, elle restait tranquille et docile, sans toutefois manquer de remarquer que ses caresses à lui étaient devenues plus affectueuses. Un jour, elle l'informa qu'elle était enceinte.

« Vingt-cinq francs », répondit-il machinalement. Elle déclara qu'elle ne demandait pas d'argent. Il s'excusa — il avait pensé à autre chose —, et il lui demanda si elle était sûre que l'enfant était de lui. Après avoir entendu sa réponse (ou, plus exactement, après avoir entendu le ton de cette réponse, qui n'avait rien de la véhémence du mensonge), il proposa de faire en sorte que le bébé soit confié à une nourrice et d'en prendre les frais à sa charge. Il garda ses sentiments pour lui — cet amour surprenant qu'il en était venu à éprouver pour Jeanne. À son avis, ce n'était pas vraiment l'affaire de cette fille; ça le concernait, lui, pas elle, et il avait aussi l'impression que s'il exprimait ce qu'il ressentait, cela pourrait s'en aller, ou devenir compliqué d'une façon qu'il ne souhaitait pas. Il lui faisait comprendre qu'elle pouvait compter sur lui; cela suffisait. Pour le reste, il considérait son amour comme une affaire privée. Ç'avait été une erreur d'en parler à Lagrange; ce serait certainement une erreur d'en parler à quelqu'un d'autre.

Quelques mois plus tard, Lagrange fut le trente-sixième souscripteur de la tontine à mourir. Puisque Delacour n'avait parlé à personne de leur brouille, il se sentit tenu d'assister à l'enterrement. Lorsqu'on descendit le cercueil dans la fosse, il souffla à Mme Amélie : « Il n'a pas pris suffisamment soin de lui-même. » Quand il leva les yeux, il vit, derrière un groupe de personnes en deuil de l'autre côté de la tombe, Jeanne, dans une robe maintenant tendue sur un ventre proéminent.

La loi relative aux nourrices était selon lui inefficace. Le décret du 29 janvier 1715 était clair : les nourrices n'avaient pas le droit d'avoir deux nourrissons, toute infraction pouvant entraîner une punition correctionnelle pour la femme et une amende de 50 francs pour le mari; elles devaient déclarer leurs propres grossesses dès le deuxième mois; elles n'avaient pas le droit non plus de renvoyer leurs nourrissons, sans ordre exprès des père et mère, même pour défaut de paiement, mais devaient continuer leur service et se faire rembourser plus tard par le tribunal de police. Mais chacun savait que ces femmes n'étaient pas toujours dignes de confiance. Elles acceptaient d'autres nourrissons ; elles mentaient en déclarant où elles en étaient de leur grossesse ; et s'il y avait une dispute avec les parents au sujet du paiement, l'enfant ne survivait souvent pas au-delà d'une semaine. Peut-être devait-il laisser Jeanne allaiter elle-même l'enfant finalement, puisque c'était ce qu'elle désirait.

Lors de leur rencontre suivante, il se dit surpris de l'avoir vue près de la tombe. À sa connaissance, Lagrange n'avait jamais usé du droit qu'il avait d'utiliser les bains municipaux.

« C'était mon père », répondit-elle.

De la paternité et de la filiation, pensa-t-il. Décret du 23 mars 1803, promulgué le 2 avril. Articles 1, 2 et 3.

Il ne put dire que : « Comment ?

— Comment ? répéta-t-elle.

— Oui, comment ?

— De la façon habituelle, sûrement, répondit la fille.

— Oui.

— Il rendait visite à ma mère comme...

— Comme je te rends visite.

— Oui. Il avait beaucoup d'affection pour moi. Il voulait me reconnaître, faire de moi une enfant...

— Légitime ?

— Oui. Ma mère ne le voulait pas. Ils se sont disputés. Elle craignait qu'il n'essaie de me voler... Elle me protégeait. Parfois il nous épiait. Avant de mourir, ma mère m'a fait promettre de ne jamais le recevoir ou avoir le moindre contact avec lui. J'ai promis. J'ai pensé que... que l'enterrement ne pouvait pas être considéré comme un contact. »

Jean-Étienne Delacour était assis sur le lit étroit de la fille. Quelque chose lui échappait — le monde était moins logique qu'il n'aurait dû l'être... Cet enfant, pensait-il, s'il survit aux dangers de l'accouchement, sera le petit-fils ou la petite-fille de Lagrange. Ce qu'il a choisi de ne pas me dire, ce qu'à mon tour je n'ai pas dit à Jeanne... Nous faisons les lois, mais les abeilles essaiment de toute façon, le lapin cherche une autre garenne, le pigeon s'envole vers un autre pigeonnier.

« Quand j'étais un joueur, dit-il enfin, les gens désapprouvaient cela... Ils estimaient que c'était un vice. Je n'ai jamais pensé ça. À mes yeux c'était l'application du raisonnement logique au comportement humain. Quand j'étais un gourmand, les gens estimaient que c'était une faiblesse coupable. Je n'ai jamais pensé ça. À mes yeux c'était une approche rationnelle du plaisir humain. »

Il la regarda. Elle semblait n'avoir aucune idée de ce dont il parlait. Eh bien, c'était sa faute à lui. « Jeanne, dit-il en prenant sa main dans la sienne, tu ne dois pas avoir peur pour ton enfant. Pas le genre de peur que ta mère avait. Ce n'est pas nécessaire.

— Oui, monsieur. »

Au souper il écouta pérorer son fils et s'abstint de corriger de nombreuses sottises. Il mâcha un petit bout d'écorce, mais sans appétit. Plus tard, le lait qu'il but eut un goût bizarre, comme s'il venait d'un vaisseau en cuivre, sa laitue cuite eut des relents de fumier, sa pomme reinette eut la texture d'un oreiller garni de crin de cheval. Au matin, quand on le trouva mort, son bonnet de nuit en lin était serré dans une main rigide, mais nul ne put dire s'il avait été sur le point de le mettre ou si, pour quelque raison, il avait décidé de l'ôter.

FRANÇAIS COURANT

Cher Dr Barnes (Moi, vieille femme allant sur ses 81 ans),

Eh bien, je lis des ŒUVRES sérieuses, mais pour une lecture plus légère le soir, que trouve-t-on comme romans dans une maison de retraite ? (Vous comprendrez que je ne suis pas ici depuis longtemps.) Une bonne quantité de « romans » fournis par la Croix-Rouge. Et qui parlent de quoi ? Bah ! du docteur aux cheveux crêpelés « grisonnant aux tempes », souffrant probablement de l'incompréhension de sa femme, ou mieux encore veuf, et de la séduisante infirmière qui lui tend la scie dans la salle d'opération. Même à un âge où j'aurais pu être sensible à une vision aussi peu vraisemblable de l'existence, je préférais *Humus et vers de terre* de Darwin.

Alors je me suis dit, pourquoi ne pas aller à la bibliothèque municipale et lire tous les romans en commençant par la lettre A? (Une petite fille m'a susurré une fois : « Bicyclette, je comprends, mais c'est quoi une bibiotek? ») C'est ainsi que j'ai lu pas mal de descriptions certes amusantes de pubs, sans parler d'une bonne dose de voyeurisme à l'égard de poitrines féminines, et je suis passée à la lettre suivante. Vous voyez où je veux en venir? Je suis tombée sur votre *Perroquet de Flaubert*. Ah, ai-je pensé, ça doit être Loulou. Je me flatte de savoir *Un cœur simple* par cœur. Mais j'ai peu de livres ici car ma chambre est *trop petite* *.

Vous serez content d'apprendre que je suis bilingue et prononce à merveille le français. La semaine dernière, j'ai entendu un maître d'école dire à un touriste dans la rue : « *À gauche puis à droite* *. » La subtilité de la prononciation de ce *gauche* m'a fort réjouie, et je le répète sans cesse dans mon bain. C'est aussi bon que du pain beurré français. Croiriez-vous qu'on a enseigné à mon père, qui aurait maintenant 130 ans, cette langue (comme on enseignait alors le latin) prononcée à l'anglaise : « *lii tchat'* »? Non, sans doute pas : je n'en suis pas sûre moi-même. Mais il y a eu un certain progrès dans ce domaine : le R est souvent roulé comme il faut maintenant par les élèves.

Mais *revenons à nos perroquets* *, c'est-à-dire à la raison principale pour laquelle je vous écris aujourd'hui. Je ne vous reprends pas sur ce que vous dites dans votre livre au sujet des coïncidences — ou plutôt, si. Vous dites que vous ne croyez pas aux coïncidences. Vous ne pouvez pas penser vraiment cela. Vous voulez dire que vous ne croyez pas aux coïncidences intentionnelles ou significatives. Vous ne pouvez pas nier l'existence des coïncidences, puisqu'elles se produisent assez souvent ; vous refusez cependant de leur attribuer un sens. Je suis moins sûre que vous qu'elles n'en ont pas, étant dans l'ensemble agnostique en ce qui concerne ce genre de choses... Quoi qu'il en soit, j'ai pour habitude, chaque matin ou presque, de descendre la rue de l'Église (il n'y a plus d'église) vers la place du Marché (il n'y a plus de marché non plus). Hier je venais de reposer votre livre et je marchais là quand tout à coup... que vois-je, en cage derrière une haute fenêtre, sinon un grand perroquet gris ? Coïncidence ? Bien sûr. Sens ? L'animal a l'air misérable, plumes tout ébouriffées, toussant, la goutte au bec, et aucun jouet dans sa cage. Alors je laisse dans la boîte de ses propriétaires (inconnus) une carte postale (polie) disant que cette situation me brise le cœur, et que j'espère que lorsqu'ils reviennent le soir ils traitent bien l'oiseau. À peine suis-je revenue dans ma chambre qu'une vieille femme furieuse y fait irruption, se présente, brandit ma carte postale et dit qu'elle va porter plainte contre moi. Je réponds : « Très bien, ça risque de vous coûter cher. » Elle me dit que « Dominic » ébouriffe ses plumes parce qu'il est crâneur. Il n'a pas de jouets dans sa cage parce que ce n'est pas une perruche et qu'il les détruirait s'il en avait. Et les becs des perroquets ne peuvent pas goutter parce qu'ils n'ont pas de muqueuse. « Vous êtes une vieille femme ignorante qui se mêle de ce qui ne la regarde pas », me lance-t-elle en repartant d'un pas décidé.

Je dois dire que cette leçon sur les perroquets m'a impressionnée. Cette Mrs Audrey Penn est une femme instruite, de toute évidence. N'ayant pas d'autre ouvrage de référence sous la main que mon vieux registre d'Oxford, j'y cherche vaguement son nom... Le voici : Audrey Penn, étudiante du Lady Margaret Hall, huit ans de moins que moi, simple boursière là où j'avais été première boursière [1], et étudiais le <u>français</u>. (Pas la science vétérinaire.)

Je devais vous écrire cela puisque personne d'autre ici ne comprendrait l'étrangeté d'une telle concomitance. Mais je ne saurais dire si cela constitue une coïncidence au plein sens du terme.

1. La « première boursière » est celle qui a obtenu les meilleures notes à l'examen d'entrée à l'université.

Mes codétenues ici sont soit folles, soit sourdes. Moi, comme Félicité, je suis sourde. Malheureusement les folles ne sont pas sourdes, mais qui suis-je pour affirmer que les sourdes ne sont pas folles ? En fait, bien que je sois la plus jeune, je suis la « chef de classe », parce que, grâce à cette jeunesse relative, je suis relativement compétente.

Croyez, cher Monsieur, à l'assurance de mes sentiments distingués *.

SYLVIA WINSTANLEY

4 mars 1986

Cher Mr Barnes,

Alors pourquoi avez-vous dit que vous étiez docteur ? Quant à moi, je suis une vieille fille, mais vous n'êtes pas très généreux de ne me laisser à choisir qu'entre Miss, Mrs ou Ms W. Pourquoi pas lady Sylvia ? Je suis une aristo, après tout, « vieille famille éminente » et tout... Ma grand-tante m'a dit que quand elle était petite, le cardinal Newman lui a apporté une orange d'Espagne. Une pour elle et une pour chacune de ses sœurs. Ce fruit était encore rare en Angleterre. N. était le parrain de ma grand-mère.

La directrice me dit que la propriétaire de Dominic est « bien considérée dans le quartier », donc manifestement les commérages vont bon

train ici et je ferais mieux de la boucler. J'ai écrit
une lettre conciliante (pas de réponse), et remarqué quand je suis repassée par là que Dominic
avait été retiré de la fenêtre. Il est peut-être
malade — après tout, si les perroquets n'ont pas
de muqueuse, pourquoi avait-il la goutte au
bec ? Mais si je continue à poser de telles questions en public, je vais finir par me retrouver au
tribunal. Bah, je n'ai pas peur des magistrats.

J'ai beaucoup enseigné Gide. Proust m'ennuie, et je ne comprends pas Giraudoux, ayant
une drôle de cervelle qui est brillante dans certains domaines et complètement stupide dans
d'autres. J'étais censée avoir à coup sûr une mention très bien, la doyenne de la fac disait qu'elle
mangerait son chapeau si je n'en avais pas une.
Je n'en ai pas eu (mention bien seulement, très
bien en langues vivantes), et elle a demandé aux
examinateurs de reconsidérer la chose ; ils ont
répondu que le nombre de très bonnes notes était
contrebalancé par le nombre de très mauvaises.
Vous voyez ce que je veux dire ? Je n'étais pas
allée à l'école préparatoire, et étant une « lady » je
n'avais pas étudié les matières orthodoxes, si bien
qu'à l'examen d'entrée ma dissertation sur les
habitudes maternelles du perce-oreille m'avait
valu une meilleure note que celles plus « classiques » des filles de Sherborne. J'étais première
boursière, comme je crois vous l'avoir dit.

Maintenant pourquoi avez-vous dit que vous étiez un professeur sexagénaire alors que vous ne pouvez manifestement pas avoir plus de quarante ans ? Allons ! J'ai découvert dans ma jeunesse que les hommes mentent toujours, et décidé de ne pas m'adonner au flirt avant de toucher ma pension de retraite à soixante ans — mais cela m'a amenée à être pendant les vingt années suivantes (me dit ma psychologue) une terrible flirteuse.

Ayant lu Barnes, je passe à Brookner, Anita, et du diable si elle n'apparaît pas à la télé le même jour ! Je ne sais pas, je ne sais pas ; ILS me font sûrement des choses. Par ex. je dis : « Si c'est la bonne décision, que je voie un cerf », choisissant l'animal le moins vraisemblable pour cet endroit. Et un cerf apparaît. De même un martin-pêcheur et un pic épeiche en d'autres occasions. Je ne peux pas croire que j'ai imaginé cela, ou que mon subconscient savait que ces animaux rôdaient aux alentours. Il semblerait y avoir en quelque sorte un Moi supérieur qui, par exemple, dit à d'ignorants globules rouges d'aller coaguler une coupure, mais alors qu'est-ce qui fait que votre Moi supérieur et le mien incitent notre sang à aller réparer les coupures ? J'ai remarqué dans la série *Urgences* qu'ils refourrent simplement tous les organes et les muscles dans le corps et les laissent se reconstituer tout seuls, et pour ma part j'ai subi une opération majeure il y a trois mois, mais tous les morceaux semblent avoir repris la bonne forme et fait ce qu'il fallait. Qui leur a montré comment?

Ai-je assez de place sur la page pour quelques plumes de perroquet? La doyenne, Miss Thurston, était une femme plutôt disgracieuse au visage chevalin, de vingt-quatre ans mon aînée, « *assoiffée de beauté* * », qui portait des capelines peu appropriées avec lesquelles elle roulait à bicyclette (style Cambridge, panier derrière). À un certain moment on a été très proches, et projeté de partager une maison, mais elle a découvert, juste à temps, quelle vilaine fille j'étais... Une nuit, j'ai rêvé de Miss Thurston : elle dansait de joie, coiffée d'un chapeau immense orné de plumes de perroquet. Elle a dit : « Tout va bien maintenant entre nous » (ou quelque chose comme ça). J'ai pensé : « Mais cette femme n'a jamais été LAIDE. » Au petit déjeuner je dis à ma cousine : « Je suis sûre que Miss Thurston est morte. » On regarde dans le *Telegraph* — pas de notice nécrologique, comme il y en aurait eu. Le courrier arrive; au dos d'une enveloppe : « *As-tu vu que Miss Thurston est morte ? ** » On va voir une autre cousine; notice nécrologique et photo dans le *Times*. Je dois ajouter que je ne suis nullement « médium ».

Je ne dirai point que je ne voulais pas prêcher

comme je l'ai fait. Je suis « chef de classe » ici en tant que pensionnaire LA PLUS JEUNE et la plus compétente. J'ai une voiture, je peux conduire. Vu que la plupart d'entre elles sont sourdes comme des pots, il y a peu de chuchotements dans les coins. Puis-je forger un grand mot pour cette manie d'écrire des lettres — épistolomanie ? Je vous présente mes excuses.

Cordialement, bonne chance pour votre travail en cours,

SYLVIA WINSTANLEY

18 avril 1986

Cher Julian,

Je vous appelle ainsi avec votre permission — et puisque vous m'accordez celle de Flirter ; quoique Flirter avec seulement une jaquette de livre sous les yeux soit une expérience nouvelle pour moi, comme vous pouvez l'imaginer. Quant à la raison pour laquelle j'ai décidé de m'enfermer dans une maison de retraite alors que je peux encore marcher et conduire et être égayée par la menace d'un procès, c'était une question de « sauter avant d'être poussée », ou *sauter pour mieux reculer* *. Ma chère cousine est morte, j'allais sûrement devoir subir une opération majeure, et je trouvais peu attrayante la perspective de m'occuper de moi-même jusqu'à ce que je claque. Et puis il y a eu, comme ils disent, une Disponibilité inattendue. Je suis une non-conformiste, comme vous l'avez sans doute constaté, et trouve la sagesse commune, eh bien, commune... Elle dit que nous sommes tous censés rester indépendants aussi longtemps que possible et nous résigner à la maison de vieux quand notre famille ne peut plus nous supporter ou que nous commençons à laisser les robinets à gaz ouverts et à nous ébouillanter avec notre Ovomaltine. Mais à ce moment-là la maison de vieux risque fort de nous causer un choc sévère qui peut nous faire perdre la boule, nous transformer en légumes et provoquer promptement une autre Disponibilité inattendue. Alors j'ai décidé de me transporter ici pendant que je fonctionne encore assez bien. Je n'ai pas d'enfants et ma psychologue m'a approuvée.

Maintenant, cher Barnes, hélas ! Le seul livre de vous que vous m'avez dit de ne pas lire était le seul disponible à la bibliothèque. *Avant moi* a été emprunté 11 fois depuis janvier, vous serez ravi de l'apprendre, et un lecteur ou une lectrice a lourdement biffé le verbe "baiser" chaque fois qu'il apparaît. Cependant, il ou elle a condescendu à le lire au moins jusqu'au dernier « baiser », p. 178. Je n'en suis pas encore là. J'ai essayé d'en parler un peu aux autres sourdes au dîner, mais sans succès. « Je suppose, ai-je dit, que ce livre parle des Plaisirs du Lit. — Kwô? Kwô? Pô'don? Pô'don? — Plaisirs! Vous savez bien! doux oreillers, matelas moelleux, petits sommes. » Alors personne n'a jugé ça digne d'intérêt. Eh bien, je le lirai et apprendrai certainement beaucoup de choses.

Je suis très contrariée, fâchée, etc., à cause de l'excessive rudesse militaire du mari de la directrice, ancien sergent-major, que j'aurais volontiers poussé à la renverse dans l'escalier, mais je me suis avisée qu'il était probablement plus fort que moi. Permettez que je prêche encore un peu, cette fois au sujet des Maisons de Vieux. Quand Nounou a commencé à devenir gaga, j'ai mené ma petite enquête et visité un certain nombre de ces *établissements* *. Ça ne remonte pas le moral de voir à chaque fois la même assemblée de vieilles bonnes femmes dociles assises en arc de cercle dans des fauteuils bon marché, pendant que la télé braille comme Mussolini. Dans un de ces endroits, j'ai dit à la directrice : « Quel genre d'activités proposez-vous ? » Elle m'a regardée d'un air très surpris, car n'était-il pas évident que les vieilles sourdes passaient déjà des journées aussi captivantes que leur état le permettait ? Finalement elle a répondu : « Il y a un homme qui vient leur faire faire des exercices une fois par semaine. — Des exercices ? ai-je dit, ne voyant guère de candidates possibles aux Jeux olympiques. — Oui, a-t-elle répondu avec condescendance, il les met en rond et leur lance un ballon de plage et elles doivent le lui renvoyer. » Eh bien, j'ai dit quelques mots ce matin au sergent-major à propos de ballons de plage, en pure perte naturellement. Les sourdes et les folles ici ont constamment peur de DÉRANGER. La seule façon de ne pas DÉRANGER est d'être dans son cercueil, aussi ai-je bien l'intention de continuer à DÉRANGER et rester ainsi en vie... Y parviendrai-je ou non, je l'ignore. Cette maison a quelque chose de balzacien. Nous dépensons les économies d'une vie entière pour abandonner à d'autres le contrôle de notre existence. J'imaginais un système de despotisme éclairé tel qu'il fut approuvé par Voltaire, mais je me demande si un tel gouvernement a jamais existé ou pourrait jamais exister. La Direction, que ce soit à dessein ou par habitude inconsciente, sape peu à peu notre moral. Pourtant elle est censée être notre alliée.

J'ai vaguement recueilli des *sottises* * pour vous ; celle qui m'agace le plus est cette idée qu'en Angleterre nous avons une chose appelée « été » et que tôt ou tard « il arrive ». Et alors nous nous asseyons tous dans le jardin après le déjeuner, piqués par les moucherons ; s'il y a une dizaine de degrés supplémentaires, on peut sortir après le thé... Tous les gens entre deux âges me disent que quand ils étaient jeunes les étés étaient torrides et qu'on bambochait sur les chariots à foin, etc., mais je leur réponds qu'ayant au moins 30 ans de plus qu'eux, je me souviens très bien que le mois de mai était souvent pourri dans leur jeunesse, et ils ont oublié tout ça. Avez-vous entendu parler des *trois saints de glace* * — je ne me rappelle pas leurs noms, mais c'est seulement après cette période qu'on peut avoir un vrai été (français). J'ai passé un mois de mai en Dordogne et il a plu tout le temps et ils étaient rosses avec le chien et me montraient les cicatrices de leurs opérations et le pain n'était fait qu'une fois par quinzaine, alors zut à l'Aquitaine! Mais j'aime beaucoup la Drôme.

Livres que je n'ai pas lus :

Tout Dickens
Tout Scott
Tout Thackeray
Tout Shakespeare sauf *Macbeth*
Tout J. Austen sauf un.

J'espère que vous trouverez un charmant *gîte* * ; j'adore les Pyrénées ; les fleurs et les petits « *gaves* * ».

Vous voyez, j'ai parcouru le monde aussi. En 1935, avant que tout ne soit gâté ; et dans de nombreux bateaux, pas en *avion* *.

Vous dites, à propos de coïncidences, pourquoi ne pas demander à voir un tatou ou un harfang des neiges, cela mettrait à l'épreuve la réalité des coïncidences intentionnelles. Je n'irai pas jusque-là, mais je vous dirai que nous habitions à Putney en 1916. Putney est à côté de Barnes.

En tout cas, merci beaucoup de m'écrire. Maintenant je me sens mieux, & la lune est apparue entre les pins.

SYLVIA W.

Perroquet D. de nouveau à la fenêtre.

16 septembre 1986

Cher Julian,

Votre roman s'est révélé instructif, pas en ce qui concerne le sexe, mais parce que votre personnage, Barbara, a exactement les mêmes méthodes de discussion tortueuses que notre directrice ici. Son mari est pour moi le comble de l'insolence, et pourtant je sais que si le mot « foutu » m'échappe je perdrai complètement l'estime de la Direction, qui a bonne opinion de moi jusqu'ici. Hier j'allais poster une lettre dehors, quand le sergent-major m'a abordée et a dit que c'était un déplacement inutile. Toutes les sourdes et les folles ici lui donnent leurs

lettres à poster. J'ai répondu que si je ne conduis
plus ma voiture, je continuerai à prendre le bus
et suis tout à fait capable d'aller jusqu'à la boîte
aux lettres. Il m'a regardée avec impertinence et
je l'ai imaginé en train d'ouvrir toutes les lettres
à la vapeur le soir et de déchirer tout ce qui contient des griefs au sujet de l'établissement. Si
mes lettres cessent subitement de vous parvenir,
vous pourrez en conclure que je suis soit morte,
soit sous le contrôle absolu des Autorités.

Êtes-vous mélomane ? Je suppose que je le suis
un peu ; en tout cas, parce que j'étais futée et que
j'ai commencé le piano à six ans, j'ai su très vite
déchiffrer la musique, jouant aussi de la contre-
basse & de la flûte (plus ou moins), alors on me
demandait toujours de jouer de l'orgue à l'église.
J'aimais faire un bruit d'enfer, si j'ose dire, sur ces
instruments. (Sinon pas d'église moi-même ; j'ai
mes propres idées.) J'aime aller en ville — toujours
quelque badinage dans le bus ou des danseurs fol-
kloriques dans les quartiers commerçants ou les
Concertos brandebourgeois joués sur un magnéto-
phone avec un violoniste en chair et en os...

J'ai lu quelques autres livres écrits par les A et
les B. Un de ces jours je ferai le compte de tous
les verres bus et les cigarettes allumées à seule fin
de remplissage dans les romans. Et aussi les « por-
traits » de serveurs, chauffeurs de taxi, *vendeuses* *
et autres, qui ne jouent aucun autre rôle dans

l'histoire. Les romanciers aiment soit le remplissage, soit les considérations philosophiques, ce
qu'on nous apprenait à regarder comme des
« généralisations » *chez* * Balzac. Pour qui est le
roman ? me dis-je. Dans mon propre cas, pour
quelqu'un de peu exigeant qui a besoin de s'oublier entre dix heures du soir environ et le moment de se coucher. Je comprends que cela puisse être insatisfaisant pour vous. De plus, il est
essentiel qu'il y ait un personnage assez proche
de moi pour que je puisse m'identifier à lui et,
anticonformiste comme je suis, cela n'arrive pas
souvent.

Malgré tout, les A et les B valent mieux que
les bouquins fournis chaque mois par la Croix-
Rouge. Ils semblent être écrits par des infirmières de nuit pendant les longues heures où
elles n'ont rien d'autre à faire. Et l'unique thème
est le désir de mariage. Ce qui se passe après le
mariage ne semble pas les préoccuper, alors que
pour moi c'est le point crucial.

Un Homme Célèbre du monde des arts a écrit
dans son autobiographie, il y a quelques années,
que son amour des femmes remontait au jour où
il était tombé amoureux d'une petite fille à la soirée dansante de son école primaire. Il avait 11 ans
à l'époque, et elle 9. Il ne fait aucun doute que
j'étais cette petite fille : il décrit la robe que je
portais, c'était l'école de mon frère, les dates cor-

respondent, etc. Personne d'autre ne s'est enti-
ché de moi depuis, mais j'étais une jolie enfant.
Si j'avais daigné le regarder, dit-il, il m'aurait suivie jusqu'à la fin de ses jours. Au lieu de cela il a
couru après des jupons toute sa vie et a rendu sa
femme si malheureuse qu'elle est devenue alcoo-
lique, tandis que je ne me suis jamais mariée.
Qu'en déduisez-vous, monsieur le romancier?
Fut-ce une occasion ratée, il y a 70 ans? Ou
l'avons-nous échappé belle tous les deux? Il ne se
doutait guère que je deviendrais un bas-bleu, et
pas du tout son truc... Peut-être aurait-il couru
aussi le jupon à cause de moi et me serais-je mise
à boire à cause de lui, personne n'aurait été plus
heureux sauf l'épouse qu'il n'aurait pas eue, et
dans son autobiographie il aurait dit : « Je vou-
drais ne jamais avoir posé les yeux sur elle. » Vous
êtes trop jeune pour ce genre de question, mais
c'est le genre de question qu'on se pose de plus
en plus quand on devient sourd et fou : où
serais-je maintenant si, deux ans avant la Grande
Guerre, j'avais regardé dans une autre direction?

Eh bien, merci infiniment, et j'espère que
votre propre vie est satisfaisante et que vos
enfants sont tout ce que vous pouvez souhaiter.

Amitiés de SYLVIA W.

24 janvier 1987

Cher Julian,

Une des folles ici voit des fantômes. Ils apparaissent sous la forme de petites lueurs vertes, au cas où vous voudriez en repérer un, et ils l'ont suivie ici quand elle a quitté son appartement. Le problème est que, alors qu'ils étaient débonnaires dans leur précédent gîte, ils ont réagi à leur incarcération dans une maison de vieux en se mettant à jouer des tours pendables. Nous avons toutes droit à un petit réfrigérateur dans nos « cellules » pour pouvoir nous sustenter en cas de grosse faim nocturne, et Mrs Galloway remplit le sien de chocolats et de bouteilles de sherry doux. Et que fabriquent-ils, ces esprits, au milieu de la nuit, sinon manger ses chocolats et boire son sherry ! Nous lui avons dûment témoigné notre sollicitude quand elle en a parlé (les sourdes plus que les autres, sans doute parce qu'elles étaient incapables de comprendre ce dont il s'agissait) et nous avons essayé de la consoler de sa perte. Cela a continué pendant quelque temps, les mines attristées étant de mise, jusqu'au jour où elle est venue déjeuner en souriant comme le Chat du Cheshire. « Je me suis vengée ! s'est-elle écriée. J'ai bu une de leurs bouteilles de sherry qu'ils avaient laissée dans le frigo ! » Alors on s'est toutes réjouies. Hélas prématurément, car les chocolats ont continué à subir les déprédations nocturnes, malgré les notes écrites, mi-sévères mi-implorantes, que Mrs G. a pris l'habitude de coller sur la porte de son réfrigérateur. (Quelles langues les fantômes peuvent-ils lire à votre avis ?) Finalement la question a été abordée à l'heure du dîner en présence de toutes les pensionnaires de Pilcher House, ainsi que de la directrice et du sergent-major. Comment empêcher les esprits de manger ses chocolats ? Tous les regards se sont tournés vers la Chef de classe, qui a lamentablement séché. Et pour une fois je dois faire l'éloge du sergent-major, qui a montré un estimable sens de l'ironie, à moins — ce qui est peut-être plus probable — qu'il ne croie vraiment à l'existence des petites lueurs vertes. « Pourquoi pas un cadenas spécial ? » a-t-il suggéré. Approbation unanime des pensionnaires, sur quoi il a proposé d'aller en acheter un lui-même à la quincaillerie. Je vous tiendrai *au courant* *, au cas où cela pourrait vous servir pour un de vos livres. Jurez-vous autant que vos personnages, j'aimerais bien le savoir. Personne ne jure ici, sauf moi, encore intérieurement.

Avez-vous connu ma grande amie Daphné Charteris ? Peut-être la belle-sœur de votre grand-tante ? Non, vous avez dit que vous étiez d'origine petite-bourgeoise. Elle a été une de nos premières aviatrices, aristo, fille d'un laird écossais, elle a transporté du bétail après avoir obtenu sa licence de pilote... Une des 11 femmes seulement qui ont appris à piloter un Lancaster pendant la guerre. Elle élevait des cochons et appelait toujours l'avorton de la portée « Henry », le prénom de son frère cadet. Elle avait une pièce dans sa maison que tout le monde appelait le « Kremlin », où même son mari n'était pas autorisé à entrer. J'ai toujours pensé que c'était le secret d'un mariage heureux. Quand son mari est mort, elle est retournée vivre dans le manoir familial avec le chétif Henry. L'endroit était une vraie porcherie, mais ils y ont vieilli heureux, en devenant chaque jour un peu plus sourds ensemble. Lorsqu'ils ne purent plus entendre la sonnerie de la porte, Henry installa un klaxon de voiture à la place. Daphné a toujours refusé de porter des appareils acoustiques, sous prétexte qu'ils se prenaient dans les branches des taillis.

Au milieu de la nuit, pendant que les fantômes essaient d'ouvrir le cadenas de Mrs Galloway pour boulotter ses truffes à la crème, éveillée dans mon lit, je regarde la lune se déplacer lentement entre les pins et je songe aux avantages qu'il y a à mourir. Non qu'on ait le choix. Bon, oui, il y a le suicide, mais ça m'a toujours semblé vulgaire et présomptueux, comme les gens qui sortent du théâtre ou de la salle de concert avant la fin de la pièce ou de la symphonie. Ce que je veux dire, c'est que — mais vous savez ce que je veux dire.

Raisons principales pour mourir : c'est ce à quoi les autres s'attendent quand on atteint mon âge ; décrépitude et sénilité imminentes ; gaspillage d'argent — celui de l'héritage — pour maintenir en vie un sac de vieux os, incontinent et gâteux ; intérêt diminué pour l'actualité, les famines, guerres, etc. ; peur de tomber totalement sous la coupe du sergent-major ; désir de savoir ce qu'il y a (ou non ?) après.

Raisons principales de ne pas mourir : je ne me suis jamais conformée aux attentes des autres, alors pourquoi commencer maintenant ; possible chagrin causé à certains (mais dans ce cas, inévitable à n'importe quel moment) ; encore seulement aux B à la « bibiotek » ; et qui exaspérerait le sergent-major sinon moi ?

Et je n'en vois pas d'autres. En avez-vous à suggérer ? Je constate que le Pour l'emporte toujours sur le Contre.

La semaine dernière, on a découvert une des folles complètement nue au fond du jardin, avec une valise pleine de journaux ; elle attendait apparemment le train. Aucun train nulle part dans les environs, naturellement, depuis que ce gouvernement stupide s'est débarrassé des lignes secondaires.

Eh bien, merci encore de m'écrire. Pardonnez épistolomanie.

SYLVIA

P.-S. Pourquoi vous ai-je raconté cela ? Ce que j'essayais de dire au sujet de Daphné, c'est qu'elle a toujours été quelqu'un qui regardait vers l'avenir, presque jamais vers le passé. Cela ne vous semble probablement pas extraordinaire, mais je vous assure que cela devient plus difficile avec l'âge.

5 octobre 1987

Cher Julian,

Ne pensez-vous pas que le langage est fait pour communiquer ? Je n'étais pas autorisée à donner des cours dans ma première école de formation, seulement à écouter les autres, parce que je me trompais en utilisant le *tu* du *passé simple* *. Si on m'avait enseigné la grammaire, par opposition à « français courant », j'aurais pu répliquer que personne ne dirait jamais « *Lui écrivis-tu ?* * », par exemple. Dans mon collège, on nous apprenait surtout des phrases et des expressions, sans insister sur l'analyse des temps. Je reçois souvent des lettres d'une Française qui a un niveau d'instruction secondaire ordinaire et qui écrit insouciamment « *j'était* * » ou « *elle s'est blessait* * »... Pourtant cette prof qui m'interdisait de cours prononçait ses R français de la même façon horriblement assourdie qu'en anglais. Je suis contente de pouvoir dire que ça va beaucoup mieux de ce côté-là et que nous ne faisons plus rimer « Paris » avec « *marry* ».

Je ne sais pas si les longues lettres que j'écris ont commencé à verser dans le verbiage sénile. L'idée, monsieur le romancier, est que le « français courant » est différent de la « grammaire », et que cela s'applique à tous les aspects de la vie. Je ne retrouve pas la lettre dans laquelle vous me parliez de cette rencontre avec un écrivain encore plus vieux que moi (Gerrady ? J'ai cherché son nom à la bibliothèque mais je ne l'ai pas trouvé ; de toute façon, j'aurai sûrement cassé ma pipe avant d'en arriver aux G). Si je me souviens bien, il vous a demandé si vous croyiez à la vie après la mort et vous avez répondu « non » et il a dit : « Quand vous aurez mon âge, vous y croirez peut-être. » Je ne dis pas qu'il y a une vie après la mort, mais je suis sûre d'une chose : quand on a trente ou quarante ans, on peut être très doué pour la grammaire, mais à l'âge où on devient sourd ou fou, on a aussi besoin de français courant. (Vous voyez ce que je veux dire ?)

Oh ! que ne donnerais-je pour un vrai croissant ! Mais le pain français est fait avec de la farine française. Y en a-t-il là où vous êtes ? Hier soir on a eu du hachis de corned-beef et des haricots blancs sauce tomate... J'aimerais bien ne pas être si friande de bonnes choses. Je rêve parfois d'abricots. On ne peut pas en acheter dans ce pays, ils ont tous un goût d'ouate imbibée de faux jus d'orange. Après une scène affreuse avec le sergent-major, au lieu de déjeuner ici je suis allée manger un sandwich et une grande coupe glacée Chantilly en ville.

Vous écrivez que vous ne craignez pas d'être mourant tant que vous ne finissez pas par en mourir. Ça m'a tout l'air d'être un sophisme... De toute façon, peut-être ne remarquerez-vous pas la transition. Mon amie Daphné Charteris a eu une longue agonie. « Suis-je déjà morte ? » demandait-elle, et parfois : « Depuis combien de temps suis-je morte ? » Ses toutes dernières paroles ont été : « Je suis morte depuis un bon moment. Je ne sens aucune différence. »

Il n'y a personne ici à qui parler de la mort. Morbide, vous comprenez, et pas sympa. Ça ne les gêne pas de parler de fantômes et d'esprits frappeurs et ainsi de suite, mais chaque fois que j'essaie d'aborder le vrai sujet, la directrice & le sergent-major me disent que je ne dois pas les effrayer. Tout cela fait partie de ma bataille contre cette tendance à faire de la mort — ou de la peur qu'elle inspire — un tabou dans la conversation, et contre l'énergie avec laquelle la profession médicale s'efforce d'empêcher les mourants de mourir, maintient en vie des bébés nés sans cerveau, & donne aux femmes stériles la possibilité d'avoir artificiellement des enfants... « Nous essayons d'avoir un bébé depuis six ans. » Eh bien ! alors vous vous en passez. L'autre jour au dîner, on a toutes eu des œufs à deux jaunes. « Pourquoi ? C'est étrange. — Ils donnent aux poulettes des pilules de fertilité pour les faire pondre plus tôt. »

Ce que *je* garde dans mon réfrigérateur, demandez-vous ? Mon portefeuille, si vous voulez vraiment le savoir, mon carnet d'adresses, ma correspondance, et un double de mon testament. (Incendie.)

Famille toujours unie ? La vôtre ? D'autres enfants ? Je vois en vous lisant que vous tenez bien votre rôle de Père moderne. George V baignait ses enfants. Pas la reine Mary.

Bien amicalement, et vœux de *succès fou* *,

SYLVIA

14 octobre 1987

Merci, charmant Monsieur *, pour le colis. Hélas, à cause à la fois de la Poste & du sgt-major, les croissants n'étaient pas aussi frais que

quand vous les avez envoyés. J'ai tenu à procéder
à une distribution générale, si bien que toutes les
sourdes et les folles en ont eu une moitié chacune. « Pô'don? Pô'don? Quessè? Quessè?»
Elles préfèrent les triangles de pain de mie avec
de la marmelade Golden Shred. Si je glissais les
restes dans la boîte aux lettres de cette femme
pour Dominic — toujours à la fenêtre —, pensez-
vous que je me ferais consigner par la directrice?
Désolée, carte postale seulement, bras souffrant.
Amitiés, Sylvia.

10 décembre 1987

Vos livres sont à peu près au niveau de la poitrine, pour ceux de Brookner il faut se baisser
jusqu'au plancher. Je pense que son *Regardez-
moi* est une belle œuvre tragique, contrairement
au *Roi Lear* que je viens de lire pour la première
fois. À part quelques morceaux de bravoure,
intrigue et peinture des personnages complètement absurdes. Vêtements de l'empereur par
exemple (j'allais écrire « paradigme », un mot
que je viens d'apprendre en faisant des mots
croisés). Carte postale seulement — bras. Amitiés, Sylvia.

14 janvier 1989

Cher Julian,

(Oui! Vieille Winstanley) Pardonnez un peu plus de verbiage sénile. Et aussi mon écriture, qui eût fait honte à Nounou.

Fascinantes images à la télé de lionceaux essayant de manger un *porc-épic** (pourquoi *épic**? Larousse dit altération de « porcospino », ce qui est évident mais alors pourquoi pas *épine** au lieu de *épic**?). Je ne suis pas vraiment attirée par les hérissons. J'avais une grille antibétail devant ma maison, à travers laquelle des hérissons tombaient souvent. Je me suis aperçue que le plus simple était encore de les prendre avec la main, mais ils sont infestés de vermine et ont des yeux inexpressifs, plutôt méchants.

Stupide et sénile de ma part de parler ainsi de vos enfants alors que, dites-vous, vous n'en avez pas. Veuillez me pardonner. Bien sûr vous inventez des choses dans vos romans.

Ayant 84 ans et encore une excellente mémoire, je sais bien qu'il est inévitable que des coïncidences se produisent, par ex. perroquets, bourses à Oxford vous et moi pour étudier le français, etc. Mais le Célèbre Artiste? Et il y a un mois, j'ai appris que ma petite-nièce Hortense

Barret doit aller étudier l'agronomie à l'université. (Nous avions la Sylviculture comme matière, de notre temps. Aviez-vous des Sylviculteurs ? Des jeunes hommes sérieux avec des pièces en cuir aux coudes qui vivaient en colonies près de Parks Road et allaient travailler ensemble sur le terrain ?) Et la même semaine je lis un livre sur les hortensias et apprends que ce mot pourrait venir de *Hortense* Barret, une jeune femme qui a participé à l'expédition de Bougainville avec le botaniste Commerson. Les recherches à ce sujet révèlent qu'en dépit du nombre de générations entre elles, des mariages et des changements de noms, l'ascendance est directe. Qu'en dites-vous ? Et pourquoi avais-je choisi de lire un livre sur les hortensias ? Je n'ai plus de plantes d'intérieur ni de jardinière. Alors vous voyez, on ne peut pas attribuer tout cela au Grand Âge et à la Bonne Mémoire... C'est comme si un Esprit extérieur — pas mon propre inconscient — soufflait : « Note bien ceci : nous avons l'œil sur toi. » Je peux dire que je suis agnostique, mais pourrais accepter l'hypothèse d'un « guide » ou même d'un ange gardien.

Et après ? direz-vous. Je vous dis seulement que j'ai cette impression d'être constamment rappelée à l'ordre — « Attention ! » — et que je trouve cela très utile. Ce n'est peut-être pas votre tasse de thé du tout. À mes yeux, ça tend à prouver une intention éducatrice d'un Esprit supérieur. Comment cela est-il possible? Allez savoir!

À propos de phénomènes psychiques, je remarque que l'évolution dans la compréhension de l'Esprit progresse presque aussi rapidement que la technologie : les ectoplasmes sont aussi dépassés que les chandelles à mèche de jonc.

Mrs Galloway — celle du cadenas de frigo et des lutins verts — a « passé » comme aime dire la directrice. Tout « passe » ici. Passez la marmelade; elle a passé l'éponge; « Est-ce que ça a passé? » demandent-elles au sujet de leurs problèmes intestinaux. « Que pensez-vous qu'il adviendra des petites lueurs vertes? » ai-je demandé un soir au cours du dîner. Les pensionnaires ont réfléchi à la question et ont fini par conclure qu'elles avaient probablement « passé » aussi.

Amitiés, sentiments distingués *, etc.

SYLVIA W.

17 janvier 1989

Je suppose que si on est fou, et meurt, & s'il y a une Explication qui nous attend, « ils » doivent nous rendre la raison pour qu'on puisse la comprendre... Ou croyez-vous que la folie est juste un autre voile de conscience autour de notre monde actuel, qui n'a rien à voir avec tout autre monde ?

Ne pensez pas en voyant la cathédrale au dos de cette carte que j'ai cessé d'Avoir mes propres Idées. « Humus et vers de terre », selon toute probabilité. Mais peut-être pas.

S.W.

19 janvier 1989

Alors M. le romancier,

Si je vous demandais : « Qu'est-ce que la vie ? », vous répondriez sans doute que c'est juste une coïncidence.

Alors la question reste : Quel genre de coïncidence ?

S.W.

3 avril 1989

Cher Monsieur,

Merci de votre lettre du 22 mars. Je suis au regret de vous informer que Miss Winstanley a passé il y a deux mois. Elle est tombée et s'est fracturé la hanche en allant poster du courrier, et malgré les efforts des médecins à l'hôpital, des complications ont surgi. C'était une très charmante vieille dame, et certainement la vie et l'âme de Pilcher House. On se souviendra longtemps d'elle ici et on la regrettera beaucoup.

Si vous désirez d'autres renseignements, n'hésitez pas à me contacter.

Veuillez agréer, cher Monsieur, l'expression de mes sentiments distingués.

J. SMYLES (Directrice)

10 avril 1989

Cher Monsieur,

Merci de votre lettre du 5 courant.

En rangeant la chambre de Miss Winstanley, nous avons trouvé un certain nombre d'objets de valeur dans le réfrigérateur. Il y avait aussi un petit paquet de lettres, mais comme elles avaient été mises dans le freezer et qu'on a malheureusement éteint le frigo pour le dégivrer, elles étaient très abîmées. Bien que l'en-tête imprimé fût encore lisible, nous avons pensé qu'il serait trop affligeant pour la personne de les récupérer dans cet état, aussi les avons-nous hélas jetées. Peut-être est-ce ce à quoi vous faisiez allusion.

Nous regrettons toujours beaucoup Miss Winstanley. C'était une très charmante vieille dame, et certainement la vie et l'âme de Pilcher House durant tout le temps qu'elle a passé ici.

Veuillez agréer, cher Monsieur, l'expression de mes sentiments distingués.

J. SMYLES (Directrice)

APPÉTIT

Il a ses bons jours. Bien sûr, il a ses mauvais jours aussi, mais n'y pensons pas pour le moment.

Les bons jours, je lui fais la lecture. Je lui lis quelques pages d'un de ses préférés : *La Joie de cuisiner*, *Les Recettes de Constance Spry*, *Quatre saisons culinaires* de Margaret Costa. Ça ne marche pas toujours, mais ce sont les plus sûrs, et j'ai appris ce qu'il préfère et ce qu'il vaut mieux éviter. Elizabeth David [1] est inutile, et il déteste les chefs célèbres contemporains. « Tapettes ! crie-t-il. Tapettes à houpettes ! » Il n'aime pas les cuisiniers de la télé non plus. « Regarde ces clowns minables ! », dit-il, même si je lui fais seulement la lecture.

J'ai essayé une fois *Bon Viveur's London 1954*, et ç'a été une erreur. Les médecins m'ont aver-

---

1. Auteur de livres de cuisine, très connue en Grande-Bretagne. Voir *Quelque chose à déclarer* et *Un homme dans sa cuisine* de Julian Barnes.

tie que la surexcitation est mauvaise pour lui ; mais ça ne m'apprend pas grand-chose... Tout ce qu'ils m'ont dit au cours de ces dernières années peut se résumer à : nous ne connaissons pas vraiment la cause de ce mal, nous ne savons pas comment le soigner, il aura ses bons jours et ses mauvais jours, ne le surexcitez pas. Ah oui, et c'est bien sûr incurable.

Il reste assis dans son fauteuil, en pyjama et robe de chambre, aussi bien rasé que je peux m'acquitter de cette tâche, les pieds dans ses pantoufles. Ce n'est pas un de ces hommes qui transforment négligemment leurs chaussons en espadrilles. Il a toujours été très convenable. Alors il attend, les pieds joints et les talons dans ses pantoufles, que j'ouvre le livre. Au début je l'ouvrais au hasard, mais ça causait des problèmes. D'un autre côté, il ne veut pas que j'aille directement à ce qu'il aime. Il faut que j'aie l'air de tomber dessus par hasard.

Alors j'ouvre *La Joie de cuisiner*, mettons, à la page 422, et lis à voix haute : « Agneau *forestière* * ou Fausse venaison ». Juste le titre, pas la recette. Je ne lève pas les yeux pour voir s'il réagit, mais je devine que non. Puis « Gigot d'agneau braisé », puis « Jarrets ou pieds d'agneau braisés », puis « Ragoût d'agneau ou *Navarin printanier* * ». Toujours rien ; mais c'est ce à quoi je m'attends. Puis « Ragoût irlandais », et je sens qu'il lève un

peu la tête. Alors j'ajoute : « Quatre à six personnes. On ne dore pas la viande pour ce célèbre
ragoût. Couper en gros dés une livre et demie
d'agneau ou de mouton.

— On ne trouve plus de vrai mouton », dit-il.

Et pendant un instant je suis heureuse. Seulement un instant, mais c'est mieux que rien,
n'est-ce pas ?

Puis je continue. Oignons, pommes de terre,
peler et couper en tranches, marmite, sel et
poivre, feuille de laurier, persil haché menu, eau
ou bouillon.

« Bouillon, dit-il.

— Bouillon. Amener à ébullition. Bien couvrir. Deux heures et demie, secouer la marmite
de temps à autre. Toute l'humidité doit être
absorbée.

— C'est ça, approuve-t-il. Toute l'humidité
doit être absorbée. » Il dit cela lentement, donnant ainsi à ses paroles l'apparence de quelque
vérité philosophique.

Il a toujours été convenable, comme je disais.
Quand j'ai commencé à travailler pour lui, certaines personnes ont fait des plaisanteries au
sujet des médecins et des infirmières. Mais il
n'était pas comme ça. D'ailleurs, peut-être que
cela excite certaines filles de faire le va-et-vient
entre le cabinet et la réception, de préparer
les amalgames et de tenir le tube à salive huit

heures par jour, mais ça me donnait mal au dos.
Et je pensais qu'il n'était pas intéressé. Et, au
début, je ne croyais pas être intéressée non plus.

Filet de porc aux champignons et aux olives.
Côtes de porc cuites dans de la crème aigre.
Côtes de porc braisées créole. Côtes de porc
braisées à la diable. Côtes de porc braisées aux
fruits.

« Aux fruits, répète-t-il en faisant une drôle de
grimace, la lèvre inférieure en avant. Cochonneries étrangères ! »

Il ne le pense pas vraiment, bien sûr. Ou ne le
pensait pas. Ou ne l'aurait pas pensé. Quelle
que soit la bonne formulation. Je me souviens
que ma sœur Faith m'a demandé, à l'époque,
comment il était, et j'ai répondu : « Eh bien, je
suppose que c'est un homme cosmopolite... »
Alors elle a gloussé, et j'ai ajouté : « Je ne veux
pas dire qu'il est juif. » Je voulais simplement
dire qu'il voyageait, et allait à des congrès, et
avait des idées nouvelles, comme de diffuser de
la musique et de mettre de jolis tableaux aux
murs et les quotidiens du jour et non de la veille
dans la salle d'attente. Il prenait aussi des notes
après le départ du patient : pas seulement sur le
traitement, mais sur ce dont ils avaient parlé,
pour pouvoir continuer la conversation la fois
suivante. Tout le monde fait ça maintenant,
mais il était un des premiers. Alors quand il dit

« cochonneries étrangères » en faisant la grimace, il ne le pense pas vraiment.

Il était déjà marié, et nous travaillions ensemble, alors les gens supposaient... mais ce n'était pas ce qu'on pourrait croire. Il se sentait terriblement coupable à l'idée de briser son mariage ; et contrairement à ce qu'Elle a toujours dit et à ce que les gens croyaient, nous n'avions pas de liaison. C'était moi la plus impatiente, je le reconnais volontiers. Je pensais même qu'il était un peu refoulé... Mais il m'a dit un jour : « Viv, je veux avoir une longue liaison avec toi. Après que nous serons mariés. » N'est-ce pas romantique ? N'est-ce pas la chose la plus romantique que vous ayez jamais entendue ? Et rien ne clochait physiquement chez lui de ce côté-là, au cas où vous vous poseriez la question.

Quand j'ai commencé à lui faire la lecture, il ne réagissait pas simplement en répétant un mot ou deux ou en faisant un bref commentaire, comme il le fait maintenant. Je n'avais qu'à prononcer les bonnes paroles, par exemple : croquettes d'œufs, ou langue braisée, ou curry de poisson, ou champignons *à la grecque* *, pour qu'il se mette à parler... Impossible de savoir combien de temps ça durerait. Et les choses dont il se souvenait ! Une fois, à peine eus-je commencé à lire la recette du *chou-fleur* * Toscana (« Préparer le chou-fleur à la française et

blanchir pendant sept minutes ») qu'il parlait
déjà : il se rappelait la couleur de la nappe, la
façon dont le seau à glace était fixé à la table, le
zézaiement du garçon, le *fritto misto* de légumes,
la vendeuse de roses, et les petits cylindres en
papier contenant du sucre servis avec le café. Il
se souvenait qu'on préparait l'église de l'autre
côté de la *piazza* pour un mariage chic, que le
Premier ministre italien essayait de former son
quatrième gouvernement en seize mois, et que je
m'étais déchaussée et avais passé mes orteils le
long de son mollet nu. Il se rappelait tout cela,
et parce qu'il s'en souvenait je m'en souvenais
aussi, du moins pendant un moment. Plus tard
cela s'estompait, ou je n'étais pas sûre de pouvoir me fier à ces réminiscences, ou y croire
encore. C'est un des problèmes avec cette situation.

Non, il n'y avait pas de batifolage dans le
cabinet de dentiste, c'est sûr. Il a toujours été,
comme je disais, très convenable. Même après
que j'ai compris qu'il était intéressé. Et qu'il a
compris que j'étais intéressée. Il tenait toujours
à ce qu'on ne mélange pas les choses. Dans le
cabinet, dans la salle d'attente, nous étions des
collègues et nous ne parlions que de travail. J'ai
fait une remarque une fois au début, au sujet du
dîner de la veille ou quelque chose comme ça.
Naturellement il n'y avait pas de patient dans la

pièce, mais il m'a coupée sèchement en me demandant des radios dont je savais qu'il n'avait pas besoin. Voilà comment il était, jusqu'au moment où il fermait le cabinet pour la nuit. Vous voyez, il aimait que les choses restent bien distinctes.

Bien sûr, tout ça ne date pas d'hier... Cela fait maintenant dix ans qu'il est à la retraite, et sept que nous faisons chambre à part. Ce qui a été son choix plus que le mien. Il disait que je bougeais trop en dormant, et qu'il aimait écouter les nouvelles à la radio quand il se réveillait. Je suppose que ça ne m'a pas trop chagrinée, parce que nous n'étions déjà plus que des compagnons de lit, si vous voyez ce que je veux dire.

Alors vous imaginez ma surprise quand, un soir, tandis que je le bordais dans son lit — c'était peu après que j'eus commencé à lui faire la lecture —, il m'a dit tout à trac : « Viens avec moi.

— Tu es un amour », ai-je répondu, mais sans tenir compte de ses paroles.

« Viens avec moi, a-t-il répété. S'il te plaît. » Et il m'a regardée comme il me regardait autrefois.

« Je ne suis pas... prête », ai-je dit. Je ne voulais pas dire *prête* dans le sens que je donnais jadis à ce mot, je voulais dire que je n'y étais pas préparée, d'une autre façon. Toutes sortes de façons. Qui le serait, après tant de temps ?

« Allez, éteins la lumière et déshabille-toi. »

Eh bien, vous pouvez imaginer ce que je pensais. Je supposais que ça avait quelque chose à voir avec les médicaments. Et puis je me suis dit, peut-être pas, peut-être est-ce à cause de ce que je lui ai lu, le passé lui revient et peut-être cet instant, cette heure, ce jour sont-ils soudain pour lui comme ils étaient alors. Et cette idée m'a attendrie. Je n'étais pas du tout excitée physiquement — je ne le désirais pas —, ça ne marche pas comme ça, mais je ne pouvais pas refuser. Alors j'ai éteint la lumière et je me suis déshabillée dans le noir, et je pouvais l'entendre écouter, si vous voyez ce que je veux dire. Et *cela* avait quelque chose d'excitant, ce silence attentif, et finalement j'ai pris une inspiration, j'ai soulevé le drap et la couverture et je me suis couchée à côté de lui.

Il a dit, et je m'en souviendrai jusqu'à mon dernier jour, il a dit de son ton le plus sec, comme si j'avais commencé à parler de choses relevant de la vie privée dans le cabinet médical, il a dit : « Non, pas toi. »

J'ai cru que j'avais mal entendu, et puis il a répété : « Non, pas toi, garce ! »

C'était il y a un an ou deux, et il y a eu pire depuis, mais ça a quand même été le pire, si vous voyez ce que je veux dire. Je suis sortie du lit et je me suis précipitée dans ma chambre, en laissant mes vêtements en tas à côté de son lit. Il pourrait y réfléchir le lendemain matin, s'il voulait... Bien sûr il ne l'a pas fait, ou il ne s'est souvenu de rien. Il n'éprouve pas de honte, n'en ressent plus.

Je lis : « Salade de chou cru. Salade de pousses de soja. Salade d'endives et de betteraves. Salade au jambon et aux poivrons. Salade de laitue au parmesan et aux anchois. » Il lève un peu la tête. Je continue : « Quatre personnes. Pour cette fameuse recette californienne, laisser une gousse d'ail, pelée et coupée en tranches, dans une bonne demi-tasse d'huile d'olive : aucune autre.

— Tasse », répète-t-il — par quoi il veut dire qu'il n'aime pas cette façon qu'ont les Américains de donner ce genre de mesures, n'importe quel imbécile sait que les tasses n'ont pas toutes la même taille. Il a toujours été comme ça, très précis. Si une recette qu'il essayait disait : « Deux ou trois cuillerées de ceci ou cela », ça l'irritait parce qu'il voulait savoir quelle mesure était correcte, elles ne peuvent pas l'être toutes les deux, hein, Viv, l'une doit être meilleure que l'autre, c'est logique.

Faire frire les croûtons. Deux romaines, sel, moutarde, généreux saupoudrage de poivre moulu.

« Généreux », répète-t-il, pour la même raison.

Cinq filets d'anchois, trois cuillerées à soupe de vinaigre de vin.

« Moins. »

Un œuf, deux à trois cuillerées à soupe de parmesan râpé.

« Deux *à* trois ? »

Le jus d'un citron.

« J'aime ta silhouette, dit-il. J'ai toujours été un amateur de nichons. »

Je fais comme si de rien n'était.

La première fois que je lui ai lu cette dernière recette, cela a fait merveille. « Tu as pris un avion de la Pan Am. J'assistais à un congrès professionnel dans le Michigan, et tu m'y as rejoint, et nous avons roulé de nulle part à nulle part, délibérément. » C'était une de ses plaisanteries. Vous comprenez, il avait toujours voulu savoir ce qu'on allait faire au juste, et quand, et pourquoi, et où. Maintenant on le traiterait de maniaque, mais la plupart des gens étaient comme ça à l'époque. Je lui avais dit une fois, pourquoi ne pouvons-nous pas être plus spontanés, partir au hasard pour changer ? Et il avait répondu, avec son petit sourire : « Très bien, Viv, si c'est ce que tu veux, nous irons de nulle part à nulle part, délibérément. »

Il se souvenait du restaurant Dino's Diner, au bord de l'autoroute dans le Sud. On s'y était arrêtés pour déjeuner. Il se souvenait de notre serveur, Emilio, disant que l'homme qui lui avait appris à faire la fameuse salade l'avait lui-même appris de celui qui l'avait inventée. Puis il a raconté comment Emilio l'avait faite devant nous — écrasant les anchois avec le dos d'une cuillère, laissant tomber le jaune d'œuf d'une grande hauteur, jouant de la râpe à parmesan comme d'un instrument de musique. Les croûtons frits répandus au dernier moment. Il se souvenait de tout, et je m'en souvenais avec lui. Il se souvenait même du montant de l'addition.

Quand il est de cette humeur-là, il peut rendre les choses plus nettes qu'une photographie, plus nettes qu'un souvenir ordinaire. C'est presque un don de raconteur d'histoires, la façon dont il invente tout cela, assis en face de moi dans son pyjama et sa robe de chambre. Il l'invente, mais je sais que c'est vrai, parce que le souvenir m'en revient aussi : l'enseigne en fer-blanc, le derrick pareil à un oiseau baissant la tête pour boire, la buse dans le ciel, le foulard avec lequel je nouais mes cheveux, la pluie torrentielle et l'arc-en-ciel après la pluie.

Il a toujours aimé bien manger. Il posait des questions à ses patients sur leurs habitudes culinaires, et notait brièvement leurs réponses ensuite. Un Noël, juste pour s'amuser, il a cherché à savoir si les patients qui aimaient bien manger prenaient plus soin de leurs dents que les autres.

Il a établi un graphique. Il n'a pas voulu me dire
ce qu'il faisait avant d'avoir fini. Et la réponse,
a-t-il dit, était qu'il n'y avait pas de rapport statistiquement significatif entre aimer bien manger et
prendre soin de ses dents. Ce qui était décevant
en un sens, parce qu'on veut toujours qu'il y ait
des rapports entre les choses, non ?

Oui, il a toujours aimé bien manger. C'est
pourquoi *Bon Viveur's London 1954* m'a paru être
une si bonne idée à l'époque. Ce guide gastrono-
mique se trouvait parmi quelques vieux livres
qu'il avait gardés, du temps où il s'établissait professionnellement, où il apprenait à apprécier les
bonnes choses, avant son mariage avec Elle.
Je l'ai déniché dans la chambre d'amis et j'ai
pensé que cela pourrait réveiller des souvenirs.
Les pages sentaient le moisi, et contenaient des
phrases telles que : « L'Empress Club est Tommy
Gale et Tommy Gale est l'Empress Club. » Ou
bien : « Si vous n'avez jamais utilisé une cosse de
vanille au lieu d'une petite cuillère pour remuer
votre café, vous avez manqué un des mille petits
plaisirs de la table. » Vous voyez pourquoi je pensais que cela pourrait lui rappeler le passé.

Comme il avait marqué certaines pages, je supposais qu'il était allé au Chelsea Pensioner et à
l'Antelope Tavern et à un restaurant appelé Bellometti, Leicester Square, qui était tenu par un
quidam connu sous le nom de « Fermier » Bel-

lometti. Le passage qui lui est consacré commence ainsi : « "Fermier" Bellometti est si élégant qu'il doit embarrasser ses bêtes et faire honte aux sillons irréguliers. » Cela a l'air d'avoir été écrit il y a une centaine d'années, non ? J'ai essayé quelques noms de restaurants : La Belle Meunière, Brief Encounter, Hungaria Taverna, Monseigneur Grill, Ox on the Roof, Vaglio's Maison Suisse.

Il a dit : « Suce-moi. »

J'ai dit : « Je te demande pardon ? »

Il a pris un horrible accent : « Tu sais comment sucer, non ? Tu ouvres la bouche comme ta chatte — et suces. » Puis il m'a regardée comme pour dire, maintenant tu sais à quoi t'en tenir, maintenant tu sais à qui tu as affaire.

J'ai attribué cela à un de ses mauvais jours, ou aux médicaments. Je me doutais bien que ça n'avait rien à voir avec moi. Alors le lendemain j'ai essayé encore.

« As-tu jamais mangé dans un restaurant qui s'appelait Peter's ?

— À Knightsbridge, a-t-il répondu. Je venais d'effectuer une difficile réparation de couronne sur une femme de théâtre. Une Américaine. Elle a dit que je lui avais sauvé la vie. M'a demandé si j'aimais bien manger. M'a filé un billet de cinq livres et m'a dit d'emmener ma petite amie chez Peter's. Les a très aimablement appelés pour me recommander à eux. Je n'étais jamais allé dans un restaurant aussi chic. Il y avait un pianiste hollandais prénommé Eddie. J'ai pris l'assortiment de grillades maison : steak, saucisse de Francfort, tranche de foie, œuf sur le plat, tomate grillée et deux tranches de jambon grillé. Je m'en souviens encore. J'étais gras comme un cochon après. »

Je voulais demander qui était sa petite amie à l'époque, mais au lieu de cela j'ai dit : « Qu'as-tu pris comme dessert ? »

Il a froncé les sourcils, comme s'il consultait un menu lointain. « Emplis ta chatte de miel et laisse-moi la lécher, voilà ce que j'appelle un dessert. »

Comme je disais, je ne me sentais pas personnellement en cause. Je pensais que cela avait peut-être quelque chose à voir avec la fille qu'il avait emmenée là-bas autrefois. Plus tard, dans mon lit, j'ai lu tout le passage consacré à ce restaurant. Il s'en était souvenu parfaitement. Et il y avait bien eu un pianiste hollandais prénommé Eddie. Il jouait chaque soir du lundi au samedi. S'il ne jouait pas le dimanche, lus-je, ce n'était pas « en raison d'une quelconque réticence de la part d'Eddie, ou de Mr Steinler, mais de l'esprit guindé de nos compatriotes, qui étouffe la gaieté comme un ongle incarné ». Est-ce ce que nous faisons ? Étouffons-nous la gaieté ? Je suppose que Mr Steinler était le patron du restaurant.

Il me disait, quand on a commencé à sortir ensemble, « la vie n'est qu'une réaction prématurée à la mort ». Je lui disais de ne pas être morbide, nous avions nos meilleures années devant nous.

Je ne veux pas donner l'impression que la nourriture est la seule chose qui l'ait jamais intéressé. Il suivait l'actualité, et a toujours eu ses opinions. Ses convictions. Il aimait les courses de chevaux, même s'il n'a jamais beaucoup parié : deux fois par an, le Derby et le National, ça lui suffisait, on ne pouvait même pas le convaincre de risquer une petite somme sur des courses de moindre importance. Très raisonnable, vous voyez ; prudent. Et il lisait des biographies, en particulier de gens évoluant dans le monde du spectacle, et nous voyagions, et il aimait danser. Mais tout cela est fini maintenant... Et il n'aime plus la nourriture ; n'aime plus la manger, du moins. Je lui fais des purées dans le mixeur. Je ne veux pas les acheter en boîte. Il ne peut pas boire d'alcool, bien sûr, ça l'exciterait trop. Il aime le cacao, et le lait chaud. Pas trop chaud, il ne doit pas être bouillant, juste chauffé à la température du corps.

Quand ça a commencé, je me suis dit, eh bien, c'est mieux que certaines maladies qu'il aurait pu contracter. Pis que d'autres, mieux que certaines. Il oubliera des choses mais, au fond, il restera toujours lui-même. C'est peut-être comme de retomber en enfance, mais ce sera *son* enfance, n'est-ce pas? C'est ce que je pensais. Même si ça empire et s'il ne me reconnaît pas, je le reconnaîtrai, toujours, et cela suffira.

Quand je pensais qu'il avait du mal à se souvenir des gens, je lui montrais l'album de photos. J'avais cessé de le remplir quelques années auparavant. Je n'aimais pas ce qui revenait du labo, si vous voulez savoir la vérité. Il commençait par la dernière page, je ne sais pas pourquoi, mais ça semblait être une bonne idée de remonter ainsi le cours du temps, plutôt que de suivre l'ordre chronologique, de le remonter ensemble... Les dernières photos que j'y avais mises étaient celles de la croisière, et elles n'étaient pas très réussies; ou plutôt, elles n'étaient pas très flatteuses. Tablées de retraités au visage rougeaud, coiffés de chapeaux en papier, les yeux roses à cause du flash. Mais ce jour-là il a examiné chaque photo en ayant l'air, ai-je pensé, de reconnaître les gens, puis il a lentement tourné les pages de l'album à l'envers : retraite, noces d'argent, voyage au Canada, week-ends dans les monts Cotswold, Skipper juste avant qu'on l'ait fait piquer, l'appartement après puis avant qu'on ait refait les peintures, Skipper quand il est arrivé et ainsi de suite, toujours en arrière, jusqu'aux vacances qu'on a prises au bout d'un an de mariage, en Espagne. Moi sur la plage en maillot de bain, un maillot qui m'avait causé quelque inquiétude dans la boutique, jusqu'à ce que je me dise qu'il était très peu probable qu'on tombe sur un de ses collègues. La première fois que je l'ai mis, je n'en revenais pas de tout ce qu'il laissait voir, mais j'ai quand même décidé de le porter, et... eh bien, disons seulement que je n'ai pas eu à me plaindre de son effet sur nos relations conjugales.

Il s'est arrêté à cette photo, l'a longuement regardée, puis il a levé les yeux vers moi et a dit : « J'pourrais vraiment m'faire *ses* nichons. »

Je ne suis pas prude, quoi que vous puissiez penser. Ce n'est pas le « nichons » qui m'a choquée. Et passé la première surprise, ce n'était pas le « ses » non plus. C'était le « me faire ». C'est ce qui m'a choquée.

Il est aimable avec les autres gens. Je veux dire, il est convenable avec eux. Il leur adresse un demi-sourire en hochant la tête, comme un vieux professeur qui reconnaît un ancien élève mais ne peut se rappeler son nom ou en quelle année il était en terminale. Il les regarde, et urine tranquillement dans ses couches, et répond : « Vous êtes très aimable, il est très aimable, vous êtes très aimable » à tout ce qu'ils disent, et ils s'en vont en pensant, oui, je suis presque sûr qu'il s'est souvenu de moi, il est encore là malgré tout, c'est affreusement triste bien sûr, triste pour lui et triste pour elle, mais je pense qu'il était content de ma visite, et j'ai fait mon devoir.

Je referme la porte et quand je reviens vers lui il renverse par terre ce qu'il y a sur le plateau, brisant une autre tasse à thé. Je lui dis : « Non, ne faisons pas ça, laissons cela sur le plateau », et il dit par exemple : « Je vais te la mettre dans ton gros cul et te niquer à fond encore et encore et te gicler gicler dedans... » Puis il glousse comme s'il m'avait joué un bon tour pendant ce thé, comme s'il m'avait bien eue — comme s'il m'avait toujours bien eue, durant toutes ces années.

L'ironie de la chose, c'est qu'il a toujours eu une meilleure mémoire que moi. Je pensais que je pourrais compter sur lui, sur sa mémoire ; plus tard, je veux dire. Maintenant je regarde les photos de quelque week-end dans les monts Cotswold il y a vingt ans et je pense, où logions-nous, quelle est cette église ou cette abbaye, pourquoi donc ai-je photographié cette haie de forsythias, lequel de nous deux conduisait, et avions-nous des rapports conjugaux ? Non, je ne me pose pas cette dernière question, mais je pourrais aussi bien le faire.

Il dit : « Lèche-moi les couilles, vas-y, prends-les dans ta bouche une à la fois et chatouille-les avec ta langue. » Il ne le dit pas d'une manière affectueuse. Ou bien : « Fais gicler de l'huile sur tes nichons et laisse-moi te niquer entre eux et jouir sur ton cou. » Ou bien : « Laisse-moi chier dans ta bouche, tu as toujours voulu que je fasse ça, hein, salope, alors laisse-moi le faire pour changer... » Ou bien : « Je te paierai pour faire ce que je veux, mais tu ne peux pas choisir, tu dois tout faire, je te paierai, j'ai ma pension versée en une seule fois, inutile de la laisser pour *elle*. » Par quoi il ne veut pas dire Elle — mais moi.

Je ne m'en fais pas pour ça. J'ai une procuration. Sauf que je devrai payer les soins à domicile quand son état empirera. Et s'il lui reste encore assez longtemps à vivre, il est bien possible que je dépense tout. « Inutile d'en laisser pour *elle* », en effet... Je suppose que j'en viendrai à faire ce genre de calcul dans ma tête : il y a vingt ou trente ans, il a passé deux ou trois jours à travailler avec toute la compétence et la concentration dont il était capable pour gagner de l'argent que je vais maintenant dépenser en une heure ou deux afin qu'une infirmière lui essuie le derrière et supporte le babillage d'un vilain garnement de cinq ans. Non, c'est faux. D'un vilain vieillard de soixante-quinze ans.

Il a dit, jadis : « Viv, je veux avoir une longue liaison avec toi. Après que nous serons mariés. » La première nuit, il m'a dévêtue comme on retire le papier d'emballage d'un cadeau. Il a toujours été tendre. Je souriais de sa délicatesse, je disais : « Ça va, je n'ai pas besoin d'un anesthésique pour ça. » Mais il n'aimait pas que je plaisante au lit, alors j'ai arrêté. Je pense qu'au fond il prenait cela plus au sérieux que moi. Non pas qu'il y ait quelque chose qui cloche de ce côté-là chez moi non plus ; je pense seulement qu'on doit pouvoir rire si le besoin s'en fait sentir.

Ce qui se passe maintenant, si vous voulez savoir la vérité, c'est que j'ai du mal à me rappeler comment nous étions au lit ensemble... Cela semble être une chose que faisaient d'autres gens — des gens qui portaient des vêtements qu'ils jugeaient élégants mais qui paraissent maintenant ridicules, des gens qui allaient au restaurant Peter's et entendaient Eddie le pianiste hollandais jouer chaque soir sauf le dimanche, des gens qui remuaient leur café avec une cosse de vanille —, quelque chose d'aussi étrange, d'aussi lointain.

Bien sûr, il a encore ses bons jours comme ses mauvais jours. Nous allons de nulle part à nulle part, délibérément. Les bons jours il ne s'agite pas trop, il prend plaisir à boire son lait chaud, et je lui fais la lecture. Et alors, pendant un moment, les choses sont de nouveau comme elles étaient. Pas comme elles étaient avant, mais comme elles étaient juste un moment plus tôt.

Je ne prononce jamais son nom pour attirer son attention, parce qu'il pense que je parle de quelqu'un d'autre, et ça l'affole. Au lieu de cela je dis : « Goulasch de bœuf. » Il ne lève pas les yeux, mais je sais qu'il a entendu. Je continue : « Goulasch d'agneau ou de porc... Goulasch de veau et de porc. Ragoût de bœuf belge ou *Carbonnade flamande* *. »

« Cochonneries étrangères », marmonne-t-il avec un quart de sourire.

Je poursuis : « Ragoût à la queue de bœuf », et il lève un peu la tête, mais je sais que ce n'est pas encore tout à fait ça. J'ai appris ce qu'il préfère ; j'ai appris à quel moment il deviendra plus attentif. « *Roulades* * de bœuf ou *paupiettes* *... Tourte au bœuf et aux rognons. »

Alors il me regarde, d'un air d'expectative.

« Quatre personnes. Préchauffer le four à 350°. Les recettes classiques pour ce plat prescrivent souvent des rognons de bœuf. » Il secoue la tête, en léger désaccord avec ça. « S'ils sont utilisés, ils doivent être blanchis. Couper en petits morceaux d'un demi-pouce d'épaisseur : une livre et demie de bifteck, en tranche ou autre.

— *Ou autre*, répète-t-il d'un ton désapprobateur.

— Trois quarts de livre de rognons de veau ou d'agneau.

— *Ou.*

— Trois cuillerées à soupe de beurre ou de graisse de bœuf.

— *Ou*, dit-il plus fort.

— Farine assaisonnée. Deux tasses de bouillon.

— *Tasses.*

— Une tasse de vin rouge sec ou de bière.

— *Tasse,* répète-t-il. *Ou* », répète-t-il. Puis il sourit.

Et pendant un moment je suis heureuse.

LA CAGE À FRUITS

Quand j'avais treize ans, j'ai découvert un tube de gelée contraceptive dans l'armoire à pharmacie de la salle de bain. Malgré le soupçon généralisé que tout ce qu'on me cachait avait probablement un rapport avec le sexe, je ne compris pas tout de suite à quoi servait ce tube usagé à la surface écaillée. Quelque pommade pour l'eczéma, la perte des cheveux, l'embonpoint de la quarantaine. Et puis les indications en petits caractères, privées de quelques lettres, m'apprirent ce que je ne voulais pas savoir. Mes parents le faisaient encore. Pis, quand ils le faisaient, ma mère pouvait tomber enceinte... C'était, eh bien, inconcevable. J'avais treize ans, ma sœur dix-sept. Peut-être ce tube était-il très, très vieux. Je le pressai prudemment entre le pouce et l'index, et je me sentis abattu en constatant qu'il était encore mou. Je tournai le capuchon, qui parut se dévisser avec une aisance lubrique. Mon autre main dut presser encore, car un peu de gelée gicla dans ma paume. J'avais peine à croire que ma mère se faisait encore cela — quoi que ce « cela » signifiât au juste, puisque selon toute probabilité ceci ne constituait pas tout le matériel nécessaire. Je reniflai l'espèce de vaseline. Quelque part entre une odeur de cabinet médical et de garage, pensai-je. Dégoûtant.

Cela s'est passé il y a plus de trente ans. Je l'avais oublié jusqu'à aujourd'hui.

J'ai connu mes parents toute ma vie. Je me rends compte que cela doit avoir l'air d'une évidence. Permettez que je vous explique. Enfant, je me sentais aimé et protégé, et réagissais dûment à cela en ayant une foi normale en l'indissolubilité du lien parental. L'adolescence a apporté l'ennui et la fausse maturité habituels, mais pas plus que chez n'importe qui d'autre. J'ai quitté la maison familiale sans traumatisme, et je ne suis jamais resté longtemps sans appeler ou voir mes parents. Je leur ai donné des petits-enfants, un de chaque sexe, compensant l'absence de rejetons de ma sœur qui a préféré se consacrer à sa carrière. Plus tard, j'ai eu des conversations sérieuses avec eux — enfin, avec ma mère — au sujet des réalités du vieillissement et de la commodité des pavillons. J'ai organisé un déjeuner pour leur quarantième anniversaire de mariage, visité des résidences

pour personnes âgées, discuté de leurs testaments. Maman m'a même dit ce qu'elle voulait
qu'on fasse de leurs cendres. Je devais emporter
les urnes sur une falaise de l'île de Wight où, en
ai-je déduit, ils s'étaient déclaré leur amour. Les
personnes présentes devaient jeter leurs cendres
au vent marin, parmi les mouettes. Je me tracas-
sais déjà au sujet de ce que je devrais faire des
urnes vides. Je pourrais difficilement les jeter de
la falaise ensuite, ou les garder pour y mettre, je
ne sais pas, des cigares ou des biscuits au chocolat ou des décorations de Noël... Et je ne pourrais certainement pas les fourrer dans quelque
poubelle en revenant au parking, que ma mère
avait aussi pris soin d'entourer d'un cercle sur la
carte d'état-major; elle avait insisté pour que je
la prenne, en l'absence de mon père, et s'assu-
rait de temps en temps que je la gardais en lieu
sûr.

Vous voyez, je les ai connus toute ma vie.

Ma mère s'appelle Dorothy Mary Bishop, et
son nom de jeune fille, auquel elle a renoncé
sans regret, était Heathcock. Mon père s'appelle
Stanley George Bishop. Elle est née en 1921, lui
en 1920. Ils ont grandi dans des coins différents
des Midlands, se sont rencontrés dans l'île
de Wight et se sont installés dans une lointaine
banlieue de Londres, puis, le moment de la

retraite venu, à la frontière de l'Essex et du Suf-
folk. Ils ont mené une vie rangée. Pendant la
guerre, ma mère a travaillé au cadastre ; mon
père était dans la R.A.F. Non, il n'était pas
pilote de chasse ni rien de la sorte ; son talent à
lui, c'était la gestion. Ensuite il est entré dans
l'administration locale, où il a fini par devenir
sous-directeur. Il aimait dire qu'il était respon-
sable de tout ce que nous considérions comme
allant de soi. Essentiel mais peu apprécié : mon
père était un homme ironique, et c'est ainsi qu'il
choisissait de se présenter.

Karen est née quatre ans avant moi. L'enfance revient avec ses odeurs : porridge, crème
renversée, la pipe de mon père ; la lessive, le produit d'entretien pour le cuivre, le parfum de ma
mère avant le dîner dansant des francs-maçons,
le fumet de bacon montant du rez-de-chaussée ;
les oranges de Séville bouillonnant volcanique-
ment dans la marmite, tandis que le sol dehors
était encore couvert de givre ; la boue mêlée
d'herbe séchant sur les chaussures de football ;
les relents de gogues dus aux utilisateurs précé-
dents, et de cuisine dus aux renvois de canalisa-
tions ; les sièges en cuir vieillissants de notre
Morris Minor, et l'âcre poussier que mon père
versait sur le feu pour le couvrir. Toutes ces
odeurs revenaient régulièrement, comme les
cycles immuables de l'école, des saisons, de

la végétation dans le jardin et de la vie domestique. Les premières fleurs écarlates des haricots à rames ; les maillots de corps pliés dans mon tiroir du bas ; les boules de naphtaline ; l'allume-feu à gaz. Chaque lundi la maison vibrait au rythme de notre machine à laver, qui se déplaçait follement en crabe sur le sol de la cuisine, rugissant et ruant, avant d'envoyer brusquement, à intervalles irréguliers, des dizaines de litres d'eau chaude et grise, le long de ses gros tuyaux beiges, dans l'évier. Le nom du fabricant sur sa petite plaque métallique était : Thor. Le dieu du tonnerre gronde aux confins de la banlieue.

Je suppose que je devrais essayer de vous donner une idée de la personnalité de mes parents.

Les gens étaient d'avis, je pense, que ma mère avait plus d'intelligence innée que mon père. C'était — c'est — un homme de fortes carrure et corpulence, avec de grosses veines en relief sur le dos de ses mains. Il avait coutume de dire qu'il avait des os lourds. J'ignorais que le poids des os pouvait varier. Peut-être ne le peut-il pas, et était-ce seulement quelque chose qu'il disait pour amuser les enfants que nous étions, ou nous intriguer. Il pouvait paraître lourdaud, lorsque ses doigts épais hésitaient au-dessus d'un chéquier, ou qu'il réparait une prise élec-

trique avec le manuel de bricolage ouvert devant
lui. Mais les enfants ne détestent pas qu'un des
parents soit lent : le monde adulte semble alors
moins impossible. Il m'emmenait dans la capi-
tale, comme il disait, pour acheter des maquet-
tes d'avions à assembler (et voici d'autres
odeurs : balsa, enduit coloré, canifs). À l'époque, un ticket de métro aller-retour était composé de deux parties séparées par un pointillé ; la
partie « aller » occupait deux tiers du ticket, la
partie « retour » un tiers — une proportion dont
je n'ai jamais compris la logique. Quoi qu'il en
soit, mon père hésitait toujours, tandis que nous
approchions du portillon à Oxford Circus, et
regardait les tickets dans sa grande paume d'un
air légèrement perplexe. Je les prenais vivement
dans sa main, les déchirais le long des pointillés,
remettais les parties « retour » dans sa paume et
tendais fièrement les parties « aller » au contrôleur. J'avais alors neuf ou dix ans, et j'étais
content de ma dextérité ; après toutes ces
années, je me demande s'il ne faisait pas semblant en réalité.

Ma mère était l'organisatrice. Bien que mon
père passât le plus clair de son temps à s'assurer
que tout allait le mieux possible dans la cir-
conscription, quand il rentrait à la maison il se
soumettait à un autre système de contrôle. Ma
mère lui achetait ses vêtements, organisait leur

vie sociale, supervisait notre scolarité, s'occupait du budget familial, prenait les décisions au sujet des vacances. Mon père disait souvent « le Gouvernement » ou « l'autorité supérieure » quand il parlait de sa femme à des tiers. Il le faisait toujours en souriant. Désirez-vous de l'engrais pour votre jardin, monsieur, première qualité, bien formé, jugez vous-même, vous voulez toucher ? « Je vais voir ce qu'en dit le Gouvernement », répondait mon père. Quand je lui demandais de m'emmener à un meeting aérien ou un match de cricket, il disait : « Parlons-en à l'autorité supérieure. » Ma mère pouvait rogner la croûte des sandwichs sans jamais rien perdre de la garniture : une douce harmonie entre la main et le couteau. Elle pouvait avoir des mots vifs, ce que j'attribuais aux frustrations accumulées d'une vie de ménagère ; mais elle était aussi fière de ses talents domestiques. Lorsqu'elle importunait mon père et qu'il lui disait d'arrêter de l'embêter, elle répliquait : « Les hommes disent toujours ça quand c'est quelque chose qu'ils ne veulent pas faire. » Presque chaque jour ils jardinaient. Ils avaient construit ensemble ce qu'ils appelaient une « cage à fruits » : des perches assemblées au moyen de boules en caoutchouc, un grand filet de protection et d'autres défenses contre les oiseaux, les écureuils, les lapins et les taupes. Des cruches de bière à demi enterrées piégeaient les limaces. Après le thé ils jouaient au Scrabble, après le dîner ils faisaient leurs mots croisés, puis ils regardaient les actualités. Une vie rangée.

Il y a six ans, j'ai remarqué une grande ecchymose sur un côté du front de mon père, juste au-dessus de la tempe, près de la ligne des cheveux. Elle jaunissait sur son pourtour et était encore violacée au centre.

« Qu'est-ce que tu t'es fait là, papa ? » Nous étions dans la cuisine. Ma mère venait de déboucher une bouteille de sherry et nouait une serviette en papier autour du goulot afin d'éviter que des gouttes ne coulent plus bas si mon père ne versait pas impeccablement. Je me demandais toujours pourquoi elle ne faisait pas l'économie d'une serviette en papier en versant elle-même.

« Il est tombé, le vieux nigaud. » Ma mère serra le nœud avec exactement la force requise, car elle, plus que quiconque, savait qu'une serviette en papier se déchire si on la noue trop brusquement.

« Ça va, papa ?

— À merveille. Demande au Gouvernement. »

Plus tard, pendant que ma mère faisait la vaisselle dans la cuisine et qu'on regardait tous les deux du *snooker* [1] à la télé, j'ai demandé : « Comment t'es-tu fait ça, papa ?

— J'suis tombé, a-t-il marmonné sans quitter l'écran des yeux. Ha ! j'savais bien qu'il raterait son coup, qu'est-ce qu'ils connaissent au jeu, ces jeunes ? Ils ne cherchent qu'à marquer des points, hein, aucune véritable adresse... »

Après le thé, mes parents ont joué au Scrabble. J'ai dit que je me contenterais de les regarder. Ma mère a gagné, comme c'était généralement le cas. Mais quelque chose dans la façon dont mon père jouait, en soupirant comme si le sort lui avait donné des lettres qui ne pouvaient tout simplement pas aller ensemble, m'a fait penser qu'il n'essayait pas vraiment.

Je suppose que je devrais vous parler du village. En fait c'est plutôt un carrefour, où une centaine de gens vivent à distance respectueuse les uns des autres. Il y a une pelouse triangulaire sur laquelle mordent les conducteurs négligents ; une salle de village ; une église désaffectée ; un abribus en béton ; une boîte aux lettres dotée d'une fente peu généreuse. Ma mère dit que la boutique du village est « bonne pour les produits de première nécessité », ce qui signifie que les gens n'y vont guère que pour empêcher sa fermeture définitive.

---

1. Sorte de billard auquel on joue avec vingt-deux boules.

Quant au pavillon de mes parents, il est spacieux
et quelconque. Charpente en bois, sol en béton,
double vitrage : « style chalet », comme disent les
agents immobiliers — c'est-à-dire qu'il y a un toit
pointu formant un grand espace de rangement
pour les clubs de golf rouillés et les couvertures
électriques mises au rancart. La seule raison
convaincante d'habiter là que ma mère ait jamais
donnée est qu'à trois miles du patelin il y a un
très bon magasin de produits surgelés.

À trois miles dans la direction opposée, il y a
un club miteux de la British Legion [1]. Mon père
avait coutume d'y aller en voiture le mercredi à
l'heure du déjeuner « pour ménager les nerfs de
l'autorité supérieure ». Un sandwich, une chope
de bière, une partie de billard avec qui se trouvait là, et retour vers l'heure du thé avec des
vêtements qui sentaient la fumée de cigarette. Il
gardait la tenue qu'il mettait pour aller là-bas
(veste en tweed marron avec des pièces en cuir
aux coudes et pantalon de serge chamois) sur un
cintre dans le débarras. Cette habitude hebdomadaire avait été approuvée, peut-être même
encouragée, par ma mère. Elle soutenait que
mon père préférait le billard au snooker parce
qu'il y avait moins de boules sur la table et qu'il
n'avait donc pas besoin de réfléchir autant.

Quand j'ai demandé à mon père pourquoi il

---

1. Organisme d'aide aux anciens combattants.

préférait le billard au snooker, il n'a pas répondu que le billard était un jeu plus distingué, ou plus subtil, ou plus élégant. Il a dit : « Parce que ça ne doit pas nécessairement finir. Une partie de billard pourrait durer indéfiniment, même si on perdait tout le temps. Je n'aime pas que les choses finissent. »

Mon père parlait rarement comme ça. D'ordinaire il parlait avec une sorte de complicité souriante. Son recours à l'ironie l'empêchait de paraître trop respectueux, mais aussi de paraître tout à fait sérieux. Notre mode de conversation était établi depuis longtemps : à la fois amical et oblique, cordial et pourtant essentiellement distant. Anglais, oh oui bon Dieu c'est anglais. Dans ma famille on évite les étreintes et les tapes dans le dos, on s'abstient de tout sentimentalisme. Rites de passage : nous obtenons nos certificats par correspondance.

J'ai sans doute l'air de préférer mon père. Je ne veux pas faire paraître ma mère trop abrupte, ou dénuée d'humour. Elle peut être abrupte, c'est vrai. Et dénuée d'humour aussi, d'ailleurs. Il y a en elle une certaine sécheresse nerveuse : même vers la cinquantaine, elle n'a pas pris de poids. Et comme elle aime à le répéter, elle n'a jamais supporté les sots. Quand mes parents se sont installés dans ce village, ils ont fait la connaissance des

Royce. Jim Royce était leur médecin, un médecin de la vieille école qui buvait et fumait et disait volontiers que le plaisir n'a jamais fait de mal à personne, jusqu'au jour où il est mort subitement d'une crise cardiaque, bien avant l'âge correspondant à l'espérance de vie moyenne pour les hommes. Sa première femme était morte d'un cancer, et il s'était remarié dans l'année. Elsie, la nouvelle, était une femme sociable, à la poitrine opulente, plus jeune que lui de quelques années, qui portait des lunettes pittoresques et « aimait bien danser ». Ma mère l'appelait « Joyce Royce » et, longtemps après qu'il eut été établi qu'Elsie avait passé sa vie jusque-là à tenir la maison de ses parents à Bishop's Stortford, affirmait qu'elle avait été la secrétaire de Jim Royce et l'avait contraint par le chantage à l'épouser.

« Tu sais bien que ce n'est pas vrai, protestait parfois mon père.

— Non je ne le sais pas. Et toi non plus. Elle a probablement empoisonné la première Mrs Royce pour lui mettre le grappin dessus.

— Eh bien, moi je pense que c'est une femme de cœur », dit-il un jour. Le regard et le silence de ma mère l'incitèrent à ajouter : « Peut-être un peu ennuyeuse...

— Ennuyeuse ? C'est comme de regarder la mire à la télé. Sauf qu'elle n'arrête pas de jacasser. Et ses cheveux sont évidemment teints.

— Vraiment ? » Mon père fut visiblement surpris par cette allégation.

« Oh, vous les hommes ! Pensais-tu que cette couleur existe dans la nature ?

— Je n'y ai jamais réfléchi. » Papa resta un moment silencieux. D'une façon inhabituelle, ma mère l'imita, puis elle dit : « Et maintenant ?

— Quoi, maintenant ?

— Que tu y as réfléchi. Aux cheveux de Joyce Royce.

— Oh. Non, je pensais à autre chose.

— Et vas-tu en faire profiter le reste du genre humain ?

— Je me demandais... à propos de Scrabble... combien de "U" il y a dans ces lettres...

— Les hommes ! répondit ma mère. Il y a seulement un A et un E dans "Scrabble", nigaud. »

Mon père sourit. Vous voyez comment ils étaient ensemble ?

Je lui ai demandé si sa voiture marchait bien. Il avait soixante-dix-huit ans à l'époque, et je me demandais combien de temps encore on le laisserait conduire.

« Le moteur tourne. Carrosserie pas trop bonne. Le châssis rouille.

— Et comment vas-tu, papa ? » J'essayais d'éviter la question directe, mais je n'y suis pas parvenu.

« Le moteur tourne. Carrosserie pas trop bonne. Le châssis rouille. »

Maintenant il reste allongé dans ce lit, parfois dans son propre pyjama à rayures vertes, plus souvent dans un autre qui ne lui va guère, hérité de quelqu'un d'autre — quelqu'un de mort, peut-être. Il m'adresse des clins d'œil comme il l'a toujours fait et appelle les gens « Mon cher ». Il dit : « Ma femme, vous savez. Beaucoup d'années heureuses. »

Ma mère parlait en termes pratiques des Quatre Dernières Choses — c'est-à-dire, les Quatre Dernières Choses de la vie moderne : rédiger un testament, prendre les dispositions nécessaires pour la vieillesse, affronter la mort, et ne pas pouvoir croire en une vie future. Mon père a fini par se laisser persuader de rédiger un testament à plus de soixante ans. Il ne parlait jamais de la mort, du moins pas en ma présence. Quant à la vie future, les rares fois où on entrait dans une église en famille (et seulement à l'occasion d'un mariage, d'un baptême ou d'un enterrement), il s'agenouillait quelques instants, les doigts sur le front. Était-ce une prière, quelque équivalent profane, ou un reste d'habitude remontant à l'enfance ? Peut-être un signe de courtoisie, ou de largesse d'esprit ? L'attitude de ma mère vis-à-vis de ces mystères était moins ambiguë. « Balivernes, disait-elle. Un tas de boniments. » « Surtout rien de tout ça pour moi plus tard, tu comprends, Chris ? — Oui, maman. »

La question que je me pose, c'est : derrière la réticence et les clins d'œil de mon père, derrière l'ironique soumission à ma mère, derrière les dérobades — ou, si vous préférez, les bonnes manières — face aux quatre dernières choses, y avait-il une peur panique et une terreur mortelle ? Ou est-ce une question stupide ? La terreur mortelle est-elle épargnée à qui que ce soit ?

Après la mort de Jim Royce, Elsie a essayé de rester en relations avec mes parents. Elle les a invités à prendre le thé, ou l'apéritif, et à voir son jardin ; mais ma mère a toujours refusé.

« On ne la supportait que parce qu'on aimait bien Jim, disait-elle.

— Oh, elle est plutôt sympathique, répondait mon père. Il n'y a aucune malice en elle.

— Il n'y a aucune malice dans un sac de tourbe. Ce n'est pas pour ça qu'il faut aller boire un verre de sherry avec lui... De toute façon, elle a ce qu'elle voulait.

— Quoi donc ?

— La pension de Jim. Elle sera à l'aise maintenant. Elle n'a pas besoin qu'on aille l'aider à passer le temps.

— Jim aurait aimé qu'on reste en relations...

— Jim n'est plus là, et d'ailleurs tu n'as pas remarqué l'expression qu'il avait quand elle se mettait à jacasser ? On pouvait presque entendre son esprit vagabonder.

— Je croyais qu'ils avaient beaucoup d'affection l'un pour l'autre.

— Et voilà pour ton sens de l'observation. »
Mon père me fit un clin d'œil.

« À quoi fais-tu un clin d'œil ?

— Un clin d'œil ? Moi ? Pourquoi ferais-je une telle chose ? » Il tourna un peu la tête vers moi et recommença.

Ce que j'essaie de dire, c'est qu'une partie du comportement de mon père tendait toujours à désavouer son comportement. Est-ce que cela a un sens ?

Ma mère a découvert la chose de la façon suivante. Il était question de bulbes. Une amie dans un village voisin proposait de lui donner les narcisses qu'elle avait en trop. Ma mère lui a dit que mon père passerait les prendre en revenant du club de la British Legion. Elle a appelé le club et demandé à parler à mon père. Le secrétaire a dit qu'il n'était pas là. Quand quelqu'un donne à ma mère une réponse à laquelle elle ne s'attend pas, elle a tendance à attribuer cela à la stupidité de son interlocuteur.

« Il joue au billard, a-t-elle dit.

— Sûrement pas.

— Ne dites pas de bêtises », a répliqué ma mère, et j'imagine trop bien le ton de sa voix. « Il joue toujours au billard le mercredi après-midi.

— Madame, a-t-elle entendu alors, je suis le secrétaire de ce club depuis vingt ans, et pendant tout ce temps on n'a jamais joué au billard ici le mercredi après-midi. Lundi, mardi, vendredi, oui. Mercredi, non. Est-ce que je me fais bien comprendre ? »

Ma mère avait quatre-vingts ans quand elle a eu cette conversation, et mon père quatre-vingt-un.

« Viens lui faire entendre raison. Il devient gâteux. J'aimerais étrangler cette garce. »

Et me revoilà donc. Moi, comme d'habitude, pas ma sœur. Mais il ne s'agissait pas de testaments, cette fois, ni de procurations ou de foyers-résidences pour personnes âgées.

Ma mère avait cette énergie nerveuse que suscitent les crises : un mélange de fébrilité anxieuse et d'épuisement sous-jacent, chacun accentuant l'autre. « Il ne veut pas entendre raison. Il ne veut rien entendre. Je vais tailler les cassis. »

Mon père s'est levé prestement de son fauteuil. On s'est serré la main, comme on le fait toujours. « Je suis content que tu sois venu, a-t-il dit. Ta mère ne veut pas entendre raison.

— Je ne suis pas la voix de la raison, ai-je dit. Alors n'espère pas trop...

— Je n'espère rien. Je suis seulement content de te voir. » Une expression de plaisir aussi inhabituellement directe de sa part m'a inquiété. De même que la façon dont il était de nouveau assis bien droit dans son fauteuil; d'ordinaire sa posture était oblique, comme son regard et son esprit... « Ta mère et moi allons nous séparer. Je vais vivre avec Elsie. On va se partager les meubles et diviser le solde bancaire en deux. Elle peut continuer à habiter cette maison, que franchement je n'ai jamais beaucoup aimée, aussi longtemps qu'elle le désire. Bien sûr la moitié est à moi, alors si elle veut déménager elle devra trouver quelque chose de plus petit. Elle pourrait avoir la voiture si elle savait conduire, mais je doute que ce soit une option viable.

— Papa, depuis combien de temps cela dure-t-il? »

Il m'a regardé sans ciller ni rougir et a secoué légèrement la tête. « Il me semble que ce n'est pas ton affaire.

— Bien sûr que si, papa. Je suis ton fils.

— Exact. Peut-être te demandes-tu si je vais faire un nouveau testament. Je n'en ai pas l'intention. Pas pour le moment. Tout ce qui se passe, c'est que je vais vivre avec Elsie. Je ne demande pas le divorce, ni rien de la sorte. Je vais seulement vivre avec Elsie. » La façon dont il prononçait son nom m'a fait comprendre que ma tâche — ou, du moins, la tâche que ma mère m'avait confiée — était vouée à l'échec. Il n'y avait pas d'hésitation coupable ou de fausse insistance quand il prononçait ce nom ; sa voix était ferme et naturelle.

« Que ferait maman sans toi ?

— Mener sa propre barque. » Il n'a pas dit cela durement, juste avec une sécheresse de ton qui suggérait qu'il avait déjà tout décidé et que les autres seraient d'accord s'ils y réfléchissaient suffisamment. « Elle peut se gouverner elle-même. »

Mon père ne m'avait jamais choqué, sauf une fois : quand je l'avais vu par la fenêtre tordre le cou d'un merle qu'il avait attrapé dans la cage à fruits ; je devinais à sa mimique qu'il jurait aussi. Puis il avait attaché l'oiseau au filet par les pattes, et l'avait laissé pendre là pour décourager d'autres pillards.

On a parlé un peu plus. Ou plutôt, j'ai parlé et il a écouté comme si j'étais un de ces jeunes qui viennent frapper à votre porte avec un sac de sport plein de chiffons, de peaux de chamois et de linges pour planche à repasser, dont l'achat, suggère leur boniment, leur évitera de sombrer à jamais dans la délinquance. Mon petit discours terminé, j'ai su ce qu'ils ressentaient quand je leur fermais la porte au nez. Mon père m'avait écouté poliment tandis que je vantais les articles dans mon sac, mais il ne voulait rien acheter. Finalement j'ai dit : « Mais tu vas y réfléchir, papa ? Attendre un peu ?

— Si j'attends un peu il sera trop tard. »

Il y avait toujours eu une distance bienveillante dans nos relations depuis que j'avais atteint l'âge adulte ; certaines choses n'étaient pas dites, mais une aimable égalité prévalait. Maintenant il y avait un nouvel abîme entre nous. Ou peut-être était-ce l'ancien : mon père était redevenu un parent, et réaffirmait sa connaissance supérieure du monde.

« Papa, ce n'est pas mon affaire et tout, mais est-ce... physique ? »

Il m'a regardé avec ces yeux gris-bleu clairs, non d'un air de reproche, mais franchement. Si l'un de nous allait rougir, c'était moi. « Ce n'est *pas* ton affaire, Chris. Mais puisque tu poses la question, la réponse est oui.

— Et... ? » Je n'ai pas pu continuer. Mon père n'était pas quelque ami entre deux âges épris d'une gamine ; c'était l'auteur de mes jours, qui, à quatre-vingt-un ans, après un demi-siècle de mariage, quittait son foyer pour vivre avec une femme d'environ soixante-cinq ans. J'avais peur même de formuler les questions.

« Mais... pourquoi maintenant ? Je veux dire, si ça a duré toutes ces années...

— Quelles années ?

— Toutes ces années où tu étais censé être au club, à jouer au billard, le mercredi.

— J'y étais le plus souvent, fiston. Je disais "billard" pour simplifier. Parfois je restais seulement dans la voiture, à regarder un champ. Non, Elsie c'est... récent. »

Plus tard, j'ai essuyé la vaisselle pour ma mère. En me passant une cocotte en Pyrex, elle a dit : « Je suppose qu'il utilise ce truc...

— Quel truc ?

— Tu sais bien. Ce truc. » J'ai posé le couvercle et tendu la main pour prendre une casserole. « C'est dans les journaux. Ça rime avec "tanagra".

— Ah. » Un des problèmes de mots croisés les plus faciles à résoudre.

« Il paraît qu'en Amérique les hommes âgés courent partout comme des lapins en rut. » J'ai essayé de ne pas penser à mon père comme à un lapin en rut. « Tous les hommes sont des idiots, Chris, et ils ne changent qu'en devenant plus idiots avec chaque année qui passe. Je regrette de ne pas avoir mené ma propre barque. »

Plus tard, dans la salle de bain, j'ai ouvert la porte d'un placard dans un coin et j'ai jeté un coup d'œil à l'intérieur. Crème pour hémorroïdes, shampooing pour cheveux délicats, ouate, un bracelet en cuivre contre l'arthrite acheté par correspondance... Ne sois pas ridicule, me suis-je dit. Pas ici, pas maintenant, pas mon père.

D'abord j'ai pensé : c'est juste un autre cas, juste un autre homme cédant par amour-propre à la tentation de la nouveauté, du sexe. Ça a l'air différent à cause de l'âge, mais en fait ça ne l'est pas. C'est ordinaire, banal, commun.

Puis j'ai pensé : qu'est-ce que j'en sais ? Pourquoi supposer qu'il n'y a — avait — plus rien sexuellement entre mes parents ? Ils dormaient encore dans le même lit quand c'est arrivé. Qu'est-ce que je sais du sexe à cet âge-là ? Ce qui laissait la question : qu'est-ce qui est le plus navrant pour quelqu'un comme ma mère, renoncer au sexe à, disons, soixante-cinq ans et découvrir quinze ans plus tard que son mari a une liaison avec une femme qui a l'âge qu'elle avait quand elle a renoncé ; ou faire encore la chose avec son mari après un demi-siècle, pour apprendre un beau jour qu'il la trompe ?

Et après ça j'ai pensé : et s'il ne s'agissait pas de sexe en réalité ? Aurais-je été moins embarrassé si mon père avait dit : « Non, fiston, ce n'est pas physique du tout, c'est seulement que je suis tombé amoureux ? » La question que j'avais posée, et qui avait paru si difficile à formuler sur le moment, était en fait la plus facile.

Pourquoi supposer que le cœur s'atrophie avec les organes génitaux? Parce que nous voulons — avons besoin de — voir la vieillesse comme l'âge de la sérénité? Je pense maintenant que c'est une des grandes conspirations de la jeunesse... Pas seulement de la jeunesse, mais de la maturité aussi, de chaque année jusqu'à ce moment où on reconnaît qu'on est vieux soi-même. Et c'est une plus large conspiration encore, parce que les vieux s'y associent aussi. Assis dans leur fauteuil, un plaid sur les genoux, ils opinent docilement du chef et admettent que la fête est finie pour eux. Leurs gestes sont plus lents, et leur sang s'est appauvri. Le feu s'est éteint — ou du moins une pelletée de poussier a été jetée dessus pour la longue nuit à venir. Sauf que mon père refusait de jouer le jeu.

Je n'ai pas dit à mes parents que j'allais voir Elsie.

« Oui ? » Elle se tenait près de la porte vitrée, tête haute, les bras croisés sous la poitrine ; ses absurdes lunettes luisaient au soleil. Ses cheveux étaient de la couleur d'un hêtre en automne et, je le voyais maintenant, clairsemés dessus. Ses joues étaient poudrées, mais pas assez pour camoufler les traces de couperose.

« Puis-je vous parler ? Je... Mes parents ne savent pas que je suis ici. »

Elle s'est tournée sans un mot, et j'ai suivi ses bas à coutures, le long d'un étroit couloir, vers la salle de séjour. Son pavillon était conçu exactement comme celui de mes parents : cuisine à droite, deux chambres au fond, débarras à côté de la salle de bain, séjour à gauche. C'était peut-être le même entrepreneur qui les avait construits. Peut-être tous les pavillons sont-ils à peu près pareils. Je ne suis pas un spécialiste.

Elle s'est assise sur le bord d'un fauteuil bas en cuir noir et a allumé aussitôt une cigarette. « Je vous préviens, je suis trop vieille pour être sermonnée. » Elle portait une jupe marron, un corsage crème, et de grandes boucles d'oreilles en forme de coquille d'escargot. Je l'avais déjà rencontrée deux fois, et elle m'avait passablement ennuyé. Sans doute l'ennuyais-je aussi. Maintenant, assis face à elle, je refusais une cigarette, essayais de voir en elle une tentatrice, une briseuse de ménage, la honte du village, mais ne voyais qu'une sexagénaire bien en chair, légèrement nerveuse, plus que légèrement hostile. Pas une tentatrice — et pas une version plus jeune de ma mère non plus.

« Je ne suis pas venu pour vous sermonner. Je suppose que j'essaie de comprendre.

— Qu'y a-t-il à comprendre ? Votre père vient vivre avec moi, c'est tout. » Elle a tiré une bouffée sur sa cigarette d'un air irrité, puis l'a retirée

brusquement de ses lèvres. « Il serait déjà ici si
ce n'était pas un si brave homme. Il a dit qu'il
devait vous laisser vous faire tous à cette idée.

— Ils sont mariés depuis très longtemps, ai-je
dit d'un ton aussi neutre que possible.

— On ne quitte pas ce qu'on veut encore »,
a-t-elle répliqué sèchement. Elle a tiré une autre
brève bouffée, et regardé la cigarette d'un air
vaguement désapprobateur. Son cendrier était
maintenu sur le bras de son fauteuil au moyen
d'une lanière en cuir lestée d'un poids à chaque
bout. J'aurais voulu qu'il soit plein de mégots
maculés, d'une manière équivoque, de rouge à
lèvres écarlate ; j'aurais voulu lui voir des ongles
écarlates aux mains et aux pieds... Mais je
n'avais pas cette chance. Elle avait une soc-
quette de maintien à la cheville gauche. Que
savais-je d'elle ? Qu'elle s'était occupée de ses
parents, puis s'était occupée de Jim Royce, et se
proposait maintenant — du moins je le supposais — de s'occuper de mon père. Sa salle de
séjour contenait un grand nombre de saintpaulias plantés dans des pots de yaourt, trop
de coussins rebondis, deux ou trois animaux
empaillés, un téléviseur-bar, une pile de revues
de jardinage, des photos de famille, une cheminée électrique encastrée. Rien de tout cela
n'aurait paru déplacé dans la maison de mes
parents.

« Ce sont des saintpaulias, ai-je dit.

— Merci. » Elle semblait attendre que je dise quelque chose qui lui donnerait une raison d'attaquer. Je suis resté silencieux, et ça n'a rien changé. « Elle ne devrait pas le frapper, n'est-ce pas ?

— Comment ?

— Elle ne devrait pas le frapper, n'est-ce pas ? Pas si elle veut le garder.

— Ne soyez pas ridicule.

— Poêle. Tempe. Il y a six ans, c'est ça ? Jim a toujours eu des soupçons... Et pas mal d'autres fois récemment. Pas où ça peut se voir, elle a appris cette leçon... Elle le frappe dans le dos. Démence sénile, si vous voulez mon avis. Elle devrait être enfermée.

— Qui vous a dit ça ?

— Pas *elle* en tout cas. » Elsie m'a lancé un regard noir et a allumé une autre cigarette.

« Ma mère...

— Croyez ce que vous voulez croire. » Elle n'essayait certainement pas de se faire bien voir. Mais pourquoi l'aurait-elle dû ? Ce n'était pas une audition. Lorsqu'elle m'a raccompagné à la porte, j'ai tendu machinalement la main. Elle l'a serrée brièvement en répétant : « On ne quitte pas ce qu'on veut encore. »

J'ai dit à ma mère : « Maman, as-tu jamais frappé papa ? »

Elle a identifié immédiatement la source de cette allégation. « C'est ce que raconte cette garce ? Tu peux lui dire de ma part qu'on se verra au tribunal. Elle devrait être... couverte de goudron et de plumes, ou quoi qu'ils fassent dans ces cas-là. »

J'ai dit à mon père : « Papa, c'est peut-être une question stupide, mais maman t'a-t-elle jamais frappé ? »

Son regard est resté clair et franc. « Je suis tombé, fiston. »

Je suis allé au centre médical et j'y ai vu une femme — jupe froncée, manières vives — dont émanait comme un relent de principes élevés. Elle avait commencé à travailler là après que le docteur Royce eut pris sa retraite. Les dossiers médicaux étaient bien sûr confidentiels, si un cas de maltraitance était soupçonné elle serait obligée d'informer les services sociaux, mon père avait signalé une chute six ans auparavant, rien avant ou depuis pour éveiller des soupçons, quels indices avais-je ?

« Quelque chose que quelqu'un a dit.

— Vous savez comment sont les gens dans les villages. Ou peut-être pas. Quel genre de personne ?

— Oh, quelqu'un.

— Pensez-vous que votre mère est le genre de femme qui maltraiterait son mari ? »

Maltraiter, maltraiter. Pourquoi ne pas dire frapper, battre, taper sur la tête avec une lourde poêle ? « Je ne sais pas. Comment peut-on le savoir ? » Faut-il voir le nom du fabricant imprimé à l'envers sur la peau de mon père ?

« Évidemment, cela dépend de ce que le patient présente comme symptômes... À moins qu'un membre de la famille ne nous fasse part de ses soupçons. Est-ce ce que vous faites ? »

Non. Je n'accuse pas ma mère de quatre-vingts ans d'avoir peut-être frappé mon père de quatre-vingt-un ans, sur les dires d'une sexagénaire qui couche peut-être ou peut-être pas avec lui. « Non, ai-je dit.

— Je n'ai pas beaucoup vu vos parents, a-t-elle continué. Mais ce sont... (elle a hésité avant de trouver l'euphémisme approprié)... ce sont des gens instruits ?

— Oui, ai-je répondu. Oui, mon père a fait des études il y a soixante ans et plus, et ma mère aussi. Je suis sûr que ça leur est très utile. » Encore en colère, j'ai ajouté : « À propos, prescrivez-vous du Viagra ? »

Elle m'a regardé comme si elle était maintenant certaine que je n'étais qu'un trublion. « Vous devrez voir votre propre médecin pour ça. »

Quand je suis revenu au village, je me suis senti soudain déprimé, comme si c'était moi qui

vivais là et étais déjà las de ce carrefour monté
en graine avec son église désaffectée, son abribus rébarbatif, ses pavillons « style chalet » et sa
boutique trop chère qui est bonne pour les produits de première nécessité. J'ai garé la voiture
sur la bande d'asphalte exagérément affublée du
nom d'« allée », et aperçu, au fond du jardin,
mon père occupé à courber et attacher des
rameaux dans la cage à fruits. Ma mère m'attendait dans la cuisine.

« Foutue Joyce Royce, eh bien, ils se méritent
l'un l'autre. Deux imbéciles. Naturellement, ça
empoisonne toute ma vie.

— Oh, arrête, maman.

— Ne me dis pas de me taire, jeune homme.
Pas avant d'avoir mon âge. Alors tu auras gagné
le droit de le faire. Ça empoisonne toute ma
vie. » Elle n'admettait aucune contradiction ; elle
aussi se réaffirmait en tant que parent.

J'ai pris la théière près de l'évier et je me suis
versé une tasse.

« Il est trop infusé, a-t-elle dit.

— Ça ne fait rien. »

Un silence pesant a suivi. De nouveau j'avais
l'impression d'être un enfant qui recherche
l'approbation, ou du moins essaie d'éviter les
reproches d'un parent.

Je me suis soudain entendu dire : « Tu te souviens de la machine à laver Thor, maman ?

— De la quoi?

— La machine à laver Thor. Quand on était petits. Cette façon qu'elle avait de se déplacer dans toute la cuisine... Elle n'en faisait qu'à sa tête. Et elle débordait toujours, non?

— Je croyais que c'était la Hotpoint.

— Non. » Cela m'affectait étrangement. « Tu as eu la Hotpoint après. La Thor est celle dont je me souviens. Elle faisait beaucoup de bruit et avait ces gros tuyaux beiges pour l'eau...

— Ce thé doit être imbuvable, a dit ma mère. Et à propos, renvoie-moi cette carte que je t'ai donnée. Non, jette-la. Île de Wight, quelle gourde je fais. Fariboles. Tu comprends?

— Oui, maman.

— Ce que je veux, si je pars avant ton père, comme c'est probable, c'est que tu disperses mes cendres. N'importe où. Ou demande aux gens du crématorium de le faire. Tu n'es pas obligé de les récupérer, tu sais.

— J'aimerais bien que tu ne parles pas comme ça.

— Il me survivra. C'est le pot fêlé qui dure le plus longtemps. Alors la secrétaire pourra avoir ses cendres, hein?

— Ne parle pas comme ça.

— Elle pourra les mettre sur sa cheminée.

— *Écoute*, maman, *si* cela arrivait, je veux dire si tu mourais avant papa, elle n'en aurait sûre-

ment pas le droit de toute façon. Ce serait à moi
d'aviser, et à Karen... Ça n'aurait rien à voir
avec Elsie. »

Ma mère s'est figée en entendant ce nom.

« Karen n'est bonne à rien, et je ne pourrais
pas te faire confiance, hein, mon gars ?

— Maman...

— Aller chez elle en douce comme ça sans
me le dire... Tu es bien le fils de ton père, tu l'as
toujours été. »

D'après Elsie, ma mère leur a rendu la vie
impossible avec ses coups de fil incessants.
« Matin, midi et soir, surtout le soir. On a fini
par débrancher l'appareil. » D'après Elsie, ma
mère demandait toujours à mon père de venir
effectuer divers travaux dans la maison. Elle utilisait pour cela toute une série d'arguments :
1) La maison était pour moitié à lui de toute
façon, il était donc tenu de l'entretenir. 2) Il ne
lui avait pas laissé assez d'argent pour qu'elle
puisse employer un homme à tout faire. 3) Il ne
s'imaginait quand même pas qu'elle allait commencer à monter sur une échelle à son âge.
4) S'il ne venait pas immédiatement, elle irait le
chercher elle-même jusque chez Elsie.

D'après ma mère, mon père est revenu à sa
porte presque aussitôt après l'avoir quittée, pro-
posant de réparer ceci ou cela, de bêcher le jar-

din, de nettoyer les gouttières, de vérifier le niveau de mazout dans la cuve et ainsi de suite. D'après ma mère, il se plaignait de ce qu'Elsie le traitait comme un chien, ne le laissait pas aller au club de la British Legion, lui avait acheté une paire de pantoufles qu'il détestait tout particulièrement, et exigeait qu'il s'abstienne de tout contact avec ses enfants. D'après ma mère, il l'implorait sans cesse de le reprendre, à quoi elle répondait : « Tu as fait ton lit et tu peux apprendre à y coucher », même si en réalité elle avait seulement l'intention de le faire attendre un peu plus longtemps. D'après ma mère, il n'aimait pas la façon négligente dont Elsie repassait ses chemises, ni le fait que tous ses vêtements sentaient maintenant la fumée de cigarette.

D'après Elsie, ma mère a fait tant d'histoires au sujet de la porte de derrière qui avait gonflé et fermait mal, de sorte qu'un cambrioleur pourrait s'introduire en un clin d'œil dans la maison et la violer et l'assassiner dans son lit, que mon père a accepté à contrecœur d'aller la réparer. D'après Elsie, il a juré que c'était la dernière fois et que, en ce qui le concernait, toute la foutue baraque pourrait brûler, de préférence avec ma mère à l'intérieur, rien ne pourrait le persuader d'y retourner avant. D'après Elsie, c'est pendant que mon père réparait cette porte que ma mère l'a frappé sur la tête avec un objet inconnu, puis l'a laissé étendu là, espérant qu'il mourrait, et n'a appelé l'ambulance que plusieurs heures plus tard.

D'après ma mère, mon père ne cessait de l'importuner au sujet de cette porte et disait qu'il était inquiet de la savoir seule la nuit et que le problème serait résolu si elle le laissait revenir. D'après ma mère, il est arrivé à l'improviste un après-midi avec sa boîte à outils. Ils se sont assis et ont bavardé pendant deux heures, au sujet du passé, et des enfants, et ont même regardé quelques photos qui leur ont mis la larme à l'œil. Elle a dit qu'elle songerait à le reprendre mais pas avant qu'il ait réparé la porte, si c'était ce qu'il était venu faire. Il s'est éloigné avec sa boîte à outils, elle a débarrassé la table et regardé d'autres photos. Au bout d'un moment, elle s'est rendu compte qu'elle n'entendait plus rien et est allée voir. Mon père gisait sur le côté, une sorte de râle sortait de sa gorge ; il avait dû faire une autre chute et sa tête avait heurté le sol qui, bien sûr, est bétonné là dehors. Elle a appelé l'ambulance — bon sang, ils ont été lents à venir — et elle lui a mis un coussin sous la tête, regarde, ce coussin, tu peux encore voir le sang dessus.

D'après la police, Mrs Elsie Royce a accusé Mrs Dorothy Mary Bishop d'avoir frappé

Mr Stanley George Bishop avec l'intention de le tuer. Ils ont mené une enquête, et décidé de ne pas engager de poursuites. D'après la police, Mrs Bishop a accusé Mrs Royce de répandre partout le bruit qu'elle était une meurtrière. Ils ont dû rappeler discrètement Mrs Royce à l'ordre. Les domestiques constituent toujours un problème, n'est-ce pas, surtout ce qu'on pourrait appeler les domestiques aux fonctions élargies comme celle-ci...

Cela fait maintenant deux mois que mon père est à l'hôpital. Il a repris conscience au bout de trois jours, mais son état s'est peu amélioré depuis. Le jour de son admission, le médecin m'a dit : « Vous savez, il n'en faut pas beaucoup à leur âge... » Maintenant, un autre médecin explique avec tact que « ce serait une erreur de trop espérer ». Mon père est paralysé du côté gauche, sa mémoire et son élocution sont très affectées, il est incapable de se nourrir lui-même et reste dans une large mesure incontinent. Le côté gauche de son visage est tordu comme peut l'être l'écorce d'un arbre, mais ses yeux sont aussi clairs et gris-bleu qu'ils l'ont toujours été et ses cheveux blancs sont toujours propres et bien brossés. Je ne sais pas ce qu'il comprend de ce que je dis. Il y a une phrase qu'il prononce bien, mais sinon il parle peu. Les voyelles qui

sortent à grand-peine de sa bouche oblique sont
altérées, et son regard exprime la honte que lui
fait éprouver cette élocution mutilée. Le plus
souvent, il préfère le silence.

Chaque lundi, mercredi, vendredi et dimanche, faisant valoir son droit conjugal quatre
jours sur sept, ma mère vient le voir. Elle lui
apporte des raisins et le journal de la veille, et
quand un peu de salive coule du coin gauche de
sa bouche tordue elle tire un Kleenex de la boîte
posée à son chevet et l'essuie. S'il y a une lettre
d'Elsie sur la table, elle la déchire tandis qu'il
fait semblant de ne pas le remarquer. Elle lui
parle de tout le temps qu'ils ont passé ensemble,
de leurs enfants et de leurs souvenirs communs.
Quand elle repart, il la suit des yeux et dit, très
clairement, à quiconque voudra bien écouter :
« Ma femme, vous savez. Beaucoup d'années
heureuses. »

Chaque mardi, jeudi et samedi, Elsie vient
voir mon père. Elle lui apporte des fleurs et des
caramels faits à la maison, et quand il bave il
sort de sa poche un mouchoir bordé de dentelle
avec l'initiale E cousue en rouge. Elle lui essuie
le visage avec une tendresse évidente. Elle a pris
l'habitude de porter, au majeur de la main
droite, un anneau semblable à l'alliance qu'elle
porte encore, en souvenir de Jim Royce, à la
main gauche. Elle parle à mon père de l'avenir,

lui dit qu'il ira bientôt mieux et qu'ils vivront alors de nouveau ensemble. Quand elle repart, il la suit des yeux et dit, très clairement, à quiconque voudra bien écouter : « Ma femme, vous savez. Beaucoup d'années heureuses. »

LE SILENCE

Un sentiment du moins devient chaque année plus fort en moi — un désir de voir les grues. À cette époque de l'année, je monte sur la colline et je scrute le ciel. Aujourd'hui elles ne sont pas venues. Il n'y avait que des oies sauvages. Les oies seraient belles si les grues n'existaient pas.

Un jeune journaliste m'a aidé à passer le temps. Nous avons parlé de Homère, nous avons parlé de jazz. Il ne savait pas que ma musique a été utilisée dans le film *The Jazz Singer* [1]. Parfois l'ignorance des jeunes m'émeut. Une telle ignorance est une sorte de silence.

Mine de rien, au bout de deux heures, il m'a demandé si je composais quelque chose. J'ai souri. Il a demandé où en était la Huitième Symphonie. J'ai comparé la musique aux ailes d'un papillon. Il a dit que des critiques ont prétendu

1. Premier long métrage parlant, comédie musicale d'Alan Crosland (1927) avec le chanteur Al Jolson.

que mon « inspiration était tarie ». J'ai souri. Il a ajouté que certains — pas lui-même, bien sûr — m'ont accusé de manquer à mes devoirs tout en bénéficiant d'une pension d'État. Il a demandé quand exactement ma nouvelle symphonie serait terminée. J'ai cessé de sourire. « C'est vous qui m'empêchez de la finir », ai-je répondu, et j'ai sonné pour qu'on le raccompagne à la porte.

Je voulais lui dire que lorsque j'étais un jeune compositeur, j'ai écrit une partition pour deux clarinettes et deux bassons. Cela constituait de ma part un acte empreint d'un très grand optimisme, puisqu'il n'y avait à l'époque que deux joueurs de basson dans le pays, et que l'un d'eux était phtisique.

Les jeunes s'affirment... Mes ennemis naturels ! On veut être une figure paternelle pour eux et ils s'en fichent. Peut-être avec raison.

Naturellement l'artiste est incompris. C'est normal, et au bout d'un moment on s'y fait. Je répète simplement, et insiste : méprenez-vous sur moi correctement.

Une lettre de K. qui est à Paris. Il s'inquiète au sujet du tempo. Il veut une confirmation. Il doit avoir une notation métronomique pour l'*allegro*. Il veut savoir si *doppo più lento* à la lettre K dans le deuxième mouvement ne s'applique qu'à trois mesures. Je réponds : Maestro K., je ne désire pas contrarier vos intentions. Finalement — pardonnez-moi si je semble trop confiant —, on peut exprimer la vérité de plus d'une manière.

Je me souviens de ma discussion avec N. au sujet de Beethoven. N. était d'avis que quand la roue du temps aura fait un autre tour, les meilleures symphonies de Mozart seront toujours là, tandis que celles de Beethoven seront tombées dans l'oubli. C'est caractéristique des différences entre nous. Je n'ai pas les mêmes sentiments pour N. que pour Busoni et Stenhammar.

Il paraît que M. Stravinski juge ma technique musicale médiocre. Je tiens cela pour le plus grand compliment que j'aie reçu au cours de ma longue vie ! M. Stravinski est un de ces compositeurs qui oscillent sans cesse entre Bach et les toutes dernières modes. Mais la technique musicale ne s'apprend pas à l'école avec des tableaux noirs et des chevalets. Là sans doute M. Igor S. est le premier de la classe. Mais quand on compare mes symphonies avec ses afféteries mort-nées...

Un critique français, cherchant une raison de détester ma Troisième Symphonie, a cité Gounod : « Seul Dieu compose en *ut* majeur. » Justement.

Malher et moi avons discuté de composition une fois. Pour lui, la symphonie doit être un monde et tout contenir. J'ai répondu que l'essence d'une symphonie est la forme ; c'est la rigueur stylistique et la profonde logique qui créent l'harmonie interne entre les motifs.

Quand la musique est de la littérature, c'est de la mauvaise littérature. La musique commence là où le verbe cesse. Qu'arrive-t-il quand la musique cesse ? Le silence. Tous les autres arts aspirent à être une forme de musique. À quoi aspire la musique ? Au silence. Dans ce cas, j'ai réussi. Je suis maintenant aussi célèbre pour mon long silence que je l'ai été pour ma musique.

Bien sûr, je pourrais encore composer des bagatelles. Un intermezzo pour l'anniversaire de la jeune épouse de mon cousin S., dont le jeu de pédale n'est pas aussi bon qu'elle l'imagine. Je pourrais répondre à l'appel de la nation, aux demandes d'une dizaine de villages ayant un drapeau à arborer. Mais ce serait de la comédie. Mon voyage est presque achevé. Même mes ennemis, qui détestent ma musique, reconnaissent qu'elle a sa logique. La logique de la musique mène finalement au silence.

A. a la force de caractère qui me manque. Ce n'est pas pour rien qu'elle est la fille d'un général. Les autres me voient comme un homme célèbre avec une épouse et cinq filles, le coq du village. Ils disent qu'elle s'est sacrifiée sur l'autel de ma vie. Mais moi j'ai sacrifié ma vie sur l'autel de mon art. Je suis un très bon compositeur, mais comme être humain — hum, c'est une autre affaire. Pourtant je l'ai aimée, et nous avons parfois été heureux ensemble. Quand je l'ai rencontrée, elle a été pour moi comme la sirène de Josephsson, berçant son chevalier parmi les violettes. Seulement les choses deviennent plus difficiles. Les démons se manifestent. Ma sœur est à l'hôpital psychiatrique. Alcool. Névrose. Mélancolie.

Courage! La mort n'est plus très loin.

Otto Anderson a établi si complètement mon arbre généalogique que ça me rend malade.

Certains me considèrent comme un despote parce que j'ai toujours interdit à mes cinq filles de chanter ou de jouer de la musique dans la maison. Pas de joyeux grincements de violon malmené, pas d'anxieuses notes de flûtiste à bout de souffle. Quoi — pas de musique dans la maison d'un grand compositeur! Mais A. comprend.

Elle comprend que la musique doit venir du silence. En venir et y retourner.

Elle agit elle-même en silence. Dieu sait qu'il y a beaucoup de choses à me reprocher. Je n'ai jamais prétendu être le genre de mari dont on fait l'éloge dans les églises... Après Gothenburg, elle m'a écrit une lettre que je garderai sur moi jusqu'à mon dernier jour. Mais d'ordinaire elle ne me fait aucun reproche. Et contrairement à tous les autres, elle ne me demande jamais quand ma Huitième sera terminée. Elle s'occupe simplement de moi. La nuit je compose. Non, la nuit je reste assis à mon bureau avec une bouteille de whisky et j'essaie de travailler. Plus tard je me réveille, la tête sur la partition et les doigts repliés sur du vide. A. a retiré la bouteille pendant que je dormais. Nous ne parlons pas de ça.

L'alcool, auquel j'ai renoncé autrefois, est maintenant mon plus fidèle compagnon. Et le plus compréhensif !

Je sors seul pour dîner seul et réfléchir à la mort. Ou je vais au Kämp, au Societetshuset ou au König pour en discuter avec d'autres. L'énigme du *Man lebt nur einmal* [1]. Je me joins à quiconque est assis à la « table citron » au Kämp.

---

1. « On ne vit qu'une fois. »

Ici il est permis — en fait, de rigueur — de parler de la mort. C'est une agréable compagnie. A. n'approuve pas cela.

Chez les Chinois, le citron est le symbole de la mort. Ce poème d'Anna Maria Lengren : « *Enterré avec un citron dans la main.* » Précisément. A. essaierait de l'interdire pour raison de morbidité. Mais qui peut être morbide, sinon un mort ?

J'ai entendu les grues aujourd'hui, mais je ne les ai pas vues. Les nuages étaient trop bas. Mais tandis que je me tenais sur cette colline, j'ai entendu, venant vers moi de là-haut, le cri retentissant qu'elles émettent en volant vers le sud pour l'été. Invisibles, elles étaient encore plus belles, plus mystérieuses. Elles me réapprennent ce qu'est la sonorité. Leur musique, ma musique, la musique. Voilà ce que c'est. Vous vous tenez sur une colline et d'au-delà des nuages vous parviennent des sons qui vous transpercent le cœur. La musique — même ma musique — va toujours vers le sud, invisiblement.

À présent, quand des amis m'abandonnent, je ne sais plus si c'est à cause de ma réussite ou à cause de mon échec. Telle est la vieillesse.

Peut-être suis-je un homme difficile, mais pas

si difficile que ça. Toute ma vie, lorsque j'ai disparu, on a su où me trouver : dans le meilleur
restaurant où on servait des huîtres et du champagne.

Quand j'ai visité les États-Unis, ils étaient surpris d'apprendre que je ne m'étais jamais rasé
moi-même. Ils réagissaient comme si j'étais une
sorte d'aristocrate. Mais je ne le suis pas, et ne
prétends pas l'être. Je suis seulement quelqu'un
qui a décidé de ne jamais perdre son temps en se
rasant lui-même. Que d'autres le fassent pour
moi.

Non, ce n'est pas vrai. Je suis un homme difficile, comme mon père et mon grand-père. Mon
cas étant aggravé par le fait que je suis un artiste.
Et aussi par mon compagnon le plus fidèle et le
plus compréhensif. Rares sont les jours où je
peux noter *sine alc*. Il n'est pas facile d'écrire de
la musique quand vos mains tremblent. Il n'est
pas facile non plus de diriger un orchestre. À
bien des égards, la vie d'A. avec moi est devenue
un martyre. Je le reconnais.

Gothenburg. J'ai disparu avant le concert. On
ne m'a pas trouvé à l'endroit habituel. A. avait
les nerfs en lambeaux. Elle est quand même
allée dans la salle, en faisant des vœux pour que
tout s'arrange. À sa surprise, j'ai fait mon entrée

à l'heure prévue, salué le public, levé ma
baguette pour attaquer l'ouverture. Au bout de
quelques mesures, m'a-t-elle dit, j'ai tout arrêté,
comme si c'était une répétition. Le public était
perplexe, l'orchestre encore plus... J'ai levé de
nouveau ma baguette pour revenir au début.
Ensuite — m'a-t-elle assuré —, ç'a été le chaos.
Le public a été enthousiaste, la presse du lendemain respectueuse. Mais je crois A. Après le
concert, alors que je me tenais parmi des amis
devant la salle, j'ai pris une bouteille de whisky
dans ma poche et je l'ai fracassée sur les
marches. Je n'ai aucun souvenir de tout cela.

Quand nous sommes rentrés chez nous, et
tandis que je buvais tranquillement mon café du
matin, elle m'a donné une lettre. Après trente
ans de mariage, elle m'écrivait dans ma propre
maison. Ses mots sont toujours restés gravés
dans ma mémoire. Elle me disait que j'étais un
homme veule et faible qui se réfugiait dans
l'alcool pour fuir les problèmes, qui croyait que
boire ainsi l'aiderait à créer de nouveaux chefs-
d'œuvre, mais se trompait cruellement. En tout
cas, elle ne s'exposerait plus jamais à l'humiliation de me voir diriger un orchestre en état
d'ébriété.

Je n'ai répondu ni par écrit ni oralement ; j'ai
essayé de répondre par mon comportement. Elle
s'est tenue à la décision qu'elle avait prise, et ne

m'a pas accompagné à Stockholm, ni à Copen-
hague, ni à Malmö. J'ai toujours sa lettre sur
moi. J'ai écrit le nom de notre fille aînée sur
l'enveloppe afin qu'elle sache, après ma mort, ce
qui a été dit.

Comme la vieillesse est affreuse pour un
compositeur! Tout va plus lentement qu'avant,
et l'autocritique prend des proportions impos-
sibles. Les autres ne voient que la célébrité, les
louanges, les dîners officiels, une pension d'État,
une famille dévouée, des admirateurs dans le
monde entier... Ils remarquent que mes chaussures et mes chemises sont faites pour moi à Ber-
lin. Pour mon quatre-vingtième anniversaire, on
a imprimé un timbre à mon effigie. *Homo diurnalis* respecte ces signes extérieurs de réussite. Mais
je considère *homo diurnalis* comme la plus vile
forme de vie humaine.

Je me souviens du jour où mon ami Toivo
Kuula a été enseveli dans la terre froide. Des sol-
dats l'avaient blessé à la tête lors d'une rixe et il
était mort quelques semaines plus tard. À l'enterrement, j'ai songé à l'infinie misère du destin de
l'artiste. Tant de travail, de talent et de courage,
et puis tout est fini. Être incompris, et puis être
oublié, tel est le sort de l'artiste. Mon ami Lager-
borg défend la théorie de Freud selon laquelle

l'art est pour l'artiste un moyen d'échapper à la névrose ; la créativité compense l'inaptitude de l'artiste à vivre pleinement sa vie. Eh bien, ce n'est qu'un développement de l'opinion de Wagner, qui soutenait que si nous étions pleinement satisfaits de notre vie, nous n'aurions pas besoin d'art. À mon avis, ils prennent le problème à l'envers. Bien sûr, je ne nie pas que la personnalité de l'artiste comporte de nombreux aspects névrotiques. Comment pourrais-je, *moi*, nier cela ? Certes je suis névrosé et souvent malheureux, mais c'est dans une large mesure la conséquence du fait d'être un artiste, plutôt que la cause. Quand on vise si haut et atteint si rarement son but, comment pourrait-on ne pas être névrosé ? Nous ne sommes pas des contrôleurs de tramway qui n'ont d'autre ambition que de faire des trous dans des tickets et annoncer correctement les arrêts. D'ailleurs, ma réponse à Wagner est simple : comment une vie pleinement vécue pourrait-elle ne pas inclure un de ses plus nobles plaisirs : l'appréciation de l'art ?

La théorie freudienne n'intègre pas la possibilité que l'effort héroïque du symphoniste — qui est de pressentir et d'exprimer des lois pour l'agencement des notes qui seront applicables dans tous les temps à venir — constitue une prouesse sensiblement plus grande que de mourir pour son roi et sa patrie. Beaucoup sont

capables de mourir ainsi, et bien plus de gens
encore peuvent planter des pommes de terre et
faire des trous dans des tickets et d'autres choses
aussi utiles.

Wagner ! Cela fait maintenant cinquante ans
que ses dieux et ses héros me donnent la chair
de poule.

En Allemagne, ils m'ont emmené entendre
quelque nouvelle musique. J'ai dit : « Vous fabri-
quez des cocktails de toutes les couleurs. Et me
voici avec une pure eau froide... » Ma musique
est de la glace fondue. Dans son mouvement on
peut détecter sa source gelée, dans ses sonorités
on peut détecter son silence initial.

On m'a demandé quel pays étranger a montré
la plus grande sympathie pour mon œuvre.
L'Angleterre, ai-je répondu. C'est le pays sans
chauvinisme. Une fois, j'ai été reconnu par
l'agent des services de l'immigration. J'ai rencontré Mr Vaughan Williams ; nous avons parlé
en français, notre seule langue commune en
dehors de la musique. Après un concert, j'ai fait
un discours. J'ai dit : « J'ai beaucoup d'amis ici
et, naturellement, j'espère, d'ennemis. » À Bour-
nemouth, un étudiant en musique m'a présenté
ses respects et m'a dit, en toute simplicité, qu'il

ne pouvait pas se permettre d'aller à Londres pour y entendre ma Quatrième. J'ai répondu en mettant la main à la poche : « Je vais vous donner *ein Pfund Sterling.* »

Mon orchestration est meilleure que celle de Beethoven, et mes thèmes sont meilleurs. Mais il est né dans un pays à vin, moi dans une contrée où le lait caillé fait la loi. Un talent comme le mien, pour ne pas dire génie, ne peut pas se nourrir de caillebotte.

Pendant la guerre, l'architecte Nordman m'a envoyé un colis en forme d'étui à violon. C'était bien un étui à violon, mais il contenait un gigot d'agneau fumé. J'ai composé et je lui ai envoyé *Fridolin's Folly* en témoignage de gratitude. Je savais qu'il était un ardent chanteur *a cappella.* Je l'ai remercié pour *le délicieux violon**. Plus tard, quelqu'un m'a envoyé une boîte de lamproies et j'ai écrit une pièce chorale en remerciement. Je me suis dit que les rapports s'étaient inversés : quand les artistes avaient des mécènes, ils produisaient de la musique et, tant qu'ils continuaient à le faire, ils étaient nourris. Maintenant on m'envoie de la nourriture, et je réagis en produisant de la musique. C'est un système plus hasardeux.

Diktonius a qualifié ma Quatrième de « symphonie pain d'écorce », en référence à l'habitude qu'avaient les pauvres autrefois de mélanger à la farine de l'écorce finement broyée. Ce pain-là n'était pas de la meilleure qualité, mais la famine était généralement évitée. Kalisch a dit que la Quatrième exprimait une vision maussade et déplaisante de l'existence.

Quand j'étais un jeune homme, j'étais blessé par les critiques. Maintenant, quand je suis triste, je relis des choses désagréables qu'on a écrites au sujet de mon œuvre et je suis considérablement ragaillardi. Je dis à mes confrères : « N'oubliez pas qu'aucune ville dans le monde n'a jamais élevé une statue à un critique. »

Le mouvement lent de la Quatrième sera joué à mon enterrement. Et je désire être enterré avec un citron serré dans la main qui a écrit ces notes.

Non, A. retirerait le citron de ma main inerte, comme elle retire la bouteille de whisky de ma main vivante... Mais elle n'enfreindra pas mes instructions en ce qui concerne la « symphonie pain d'écorce ».

Courage ! La mort n'est plus très loin.

Ma Huitième, voilà tout ce dont ils s'enquièrent : quand donc, Maître, sera-t-elle finie ? Quand pourrons-nous la publier ? Peut-être juste

le premier mouvement? Proposerez-vous à K. de
la diriger? Pourquoi cela vous a-t-il pris tant de
temps? Pourquoi la poule a-t-elle cessé de
pondre des œufs d'or pour nous?

Messieurs, peut-être y aura-t-il une nouvelle
symphonie, ou peut-être pas. Cela m'a pris dix,
vingt ans, presque trente. Peut-être cela m'en
prendra-t-il plus de trente. Peut-être n'y aura-t-il
rien même au bout de trente ans. Peut-être cela
finira-t-il dans le feu. Le feu, puis le silence. C'est
ainsi que tout finit, après tout. Mais méprenez-
vous correctement sur moi, messieurs. Je ne
choisis pas le silence. C'est le silence qui me
choisit.

Fête d'A. Elle a voulu que j'aille aux champignons. Les morilles mûrissent dans les bois. À
vrai dire, ce n'est pas mon fort. Cependant, à
force de travail, et de talent et de courage, j'en ai
déniché une. Je l'ai cueillie, je l'ai portée à mon
nez et reniflée, je l'ai déposée respectueusement
dans le petit panier d'A. Puis j'ai chassé de la
main les aiguilles de pin collées à mes manches
et, ayant fait mon devoir, je suis rentré à la maison. Plus tard, on a joué des duos. *Sine alc.*

Un grand autodafé de manuscrits. Je les ai
rassemblés dans un panier à linge et, en présence d'A., les ai brûlés dans la cheminée de la

salle à manger. Au bout d'un moment elle n'a pas pu le supporter plus longtemps et elle est partie. J'ai continué le bon travail. Après cela je me suis senti plus calme et d'humeur plus légère. Une heureuse journée.

Tout va plus lentement qu'avant... C'est vrai. Mais pourquoi devrait-on s'attendre à ce que le dernier mouvement de la vie soit un *rondo allegro*? Quelle serait la meilleure façon de l'annoter? *Maestoso*? Peu d'entre nous sont assez chanceux pour cela. *Largo* — encore un peu trop solennel. *Largamente e appassionato*? Un dernier mouvement pourrait commencer ainsi — c'était le cas dans ma propre Première Symphonie. Mais dans la vie cela ne mène pas à un *allegro molto*, un emballement rythmique et sonore de l'orchestre stimulé par son chef. Non, pour son dernier mouvement la vie a un ivrogne sur l'estrade, un vieillard qui ne reconnaît pas sa propre musique, un idiot qui confond répétition et concert. Alors l'annoter *tempo buffo*? Non, j'y suis. L'annoter simplement *sostenuto*, et laisser le chef d'orchestre prendre la décision. Après tout, on peut exprimer la vérité de plus d'une manière.

Ce matin j'ai fait ma promenade habituelle. Sur la colline, j'ai regardé vers le nord. « Oiseaux de ma jeunesse ! ai-je crié au ciel. Oiseaux de ma jeunesse ! » J'ai attendu. Le temps était couvert, mais pour une fois les grues volaient sous les nuages. Lorsqu'elles ont été plus près, l'une d'elles s'est détachée du groupe et est venue droit vers moi. J'ai levé les bras pour la saluer tandis qu'elle décrivait lentement un cercle autour de moi en poussant son cri éclatant, puis allait rejoindre ses compagnes pour continuer le long voyage vers le sud. J'ai regardé jusqu'à ce que ma vue se brouille, j'ai écouté jusqu'à ce que je n'entende plus rien, et le silence est revenu.

Je suis retourné lentement vers la maison. Debout sur le seuil, j'ai lancé d'une voix faible : « Un citron... »

DU MÊME AUTEUR